Der stumme Traum

Bibliografische Information der Deutschen Nationalbibliothek

Die Deutsche Nationalbibliothek verzeichnet diese Publikation in der Deutschen Nationalbibliografie; detaillierte bibliografische Daten sind im Internet über http://dnb.d-nb.de abrufbar.

Impressum

© 2014 BvN by Andreas Frey

Herstellung und Verlag
Books on Demand GmbH (BoD), Norderstedt

ISBN-13: 9-783734-737572

Lächerlich

Die S-Bahn musste heute – wie auch die Tage zuvor - mal wieder eine Umleitung wegen des Baus der U-Strab fahren. Es konnte nur noch besser werden, dachte sich Ben, der den Kopf an die Scheibe gelehnt nach draußen, auf die vorüberziehenden Bauzäune blickte. Aber bald wäre die Zeit hier in Karlsruhe ja sowieso vorbei, denn seine Weiterbildung endete in absehbarer Zeit und dann ging der Arbeitsalltag wieder los. Auf der einen Seite freute er sich auf den Job, denn die Teilnehmer des Kurses waren alles andere als angenehme Zeitgenossen. Sicherlich gab es auch Ausnahmen – oder besser gesagt eine Ausnahme. Endlich war die S-Bahn wieder auf die Kaiserstraße aufgefahren, um ihren ursprünglichen Weg in Richtung Pfalz weiter fortzusetzen. Den Blick auf die Bauzäune hatte Ben nun unfreiwillig gegen den Blick auf die noch geschlossenen Fassaden und Schaufenster getauscht. Nichtsdestotrotz herrschte schon reges Treiben auf der Kaiserstraße: eilig rannten Leute noch zu den Haltestellen, Schüler standen in Gruppen beieinander, Zulieferwagen hielten in Mitten der Fußgängerzone und stellen die großen braunen Kartons, die sie abluden vor die Türen der kleinen Boutiquen. In den Bäckereien und Backshops standen die Leute Schlange, um sich etwas als Ersatz für das nicht gemachte Frühstück zu kaufen oder als Snack für die Zeit bis zur Mittagspause, vermutete er. Trotz, dass er in der S-Bahn saß meinte Ben, den Duft von frisch gebackenen Brötchen und Kuchen riechen zu können.

Am Ende der Kaiserstraße und vorbei am Reiter, musste Ben bald aussteigen. Er richtete sich aus seiner Schlafhaltung auf und fuhr sich mit den Händen durch das blond-braune Haar, das durch die Scheibe, an die er sich gelehnt hatte, platt gedrückt worden war. Mit diesem Wuschelkopf stand er nun auf, packte seine schwarze Umhängetasche und machte sich auf den Weg zur Tür, um den Knopf für den Haltewunsch zu drücken. Allerdings war er ein bisschen zu spät dran, denn das Licht leuchtete bereits.

Nachdem die S-Bahn ihre Geschwindigkeit verlangsamt hatte und endlich zum Stehen kam, fuhr das Trittbrett aus und die Türen schoben sich zu beiden Seiten auf. Und so verließ Ben die Bahn und schlurpte von der

Haltestelle zunächst zur Ampel. Doch statt des erhofften grünen Männchens starrte ihn dessen roter zweieiiger Zwillingsbruder an und leuchtete ihm von der anderen Seite entgegen. Geduldig wartete Ben, bis die vorbeipreschenden Autos wieder an der dicken weißen Linie zum Stehen kamen und er endlich die Straße überqueren durfte. Er warf einen Blick auf die blau-weiße Preisanzeige der Tankstelle: E10 1,539 € - war schon teurer, dachte er sich und lief dann den schmalen Weg zwischen Tankstelle und Gebäude nach hinten durch. Seine Weiterbildung fand in den Gebäuden der Volkshochschule Karlsruhe statt. Auf der einen Seite nicht ganz unpraktisch, denn die Bahn hielt direkt vor der Tür. Mit einem leichten Seufzer blickte er an der Fassade der VHS empor, während er über das Kopfsteinpflaster lief. Die wenigen Stufen ins Parterre nahm er Stufe für Stufe. Dann bog er erst einmal nach rechts ab, um sich am Automaten einen Kaffee zu ziehen. Nachdem er die Münzen in den Schlitz geworfen hatte und die Maschine sich auch schon in Bewegung setzte, um den Kaffee zu brühen, las er die Aushänge am schwarzen Brett. Die waren für Ben immer interessant, wer auf welche Art und Weise was verkaufen wollte oder gar suchte. Doch seit gestern gab es hier nichts Neues.

Die Tasche geschultert und den Kaffee in der Hand machte er sich nun auf den Weg in den dritten Stock.

Ben war – wieder einmal – der erste, der morgens im Klassenzimmer war. Er stellte seine Tasche an den Platz und lief zum Fenster hinüber, von wo aus er auf den Verkehr der Kaiserallee und der Kreuzung Yorkstraße blickte. Das Zählen der Autos und der vorbeifahrenden Straßenbahnen hatte er zu Beginn des Kurses gemacht, doch mittlerweile stand er morgens nur noch hier, blickte auf die vorbeirauschenden Lichter und nippte hin und wieder an dem brauen Plastikbecher mit seinem Kaffee.

Nach und nach kamen nun auch die anderen Teilnehmer des Kurses in den Raum. Nur das Abstellen der Taschen und Auspacken der Seminarunterlagen durchbrach die Stille, die hier herrschte, wenn die Reiß- und Klettverschlüsse geöffnet wurden. Man winkte sich zu und fragte sich höflichkeitshalber, wie es dem anderen ging, doch wer auf Worte oder besser gesagt Antworten hoffte, musste hier lange warten.

Ben blickte auf seine Armbanduhr und ohne auf sich lange warten zu lassen, betrat der Dozent den Raum. Zielgerichtet lief er nach vorne, stellte ebenfalls seine Tasche ab und warf einen ersten Blick in die Runde. Seine Schützlinge setzten sich auf ihre Plätze und richteten ihre Blicke nun nach vorn. Der Dozent – Herr Frey – begrüßte sie ebenfalls mit einer Geste, ehe er mit seinen Händen und Lippen die Frage in den Raum stellte, ob noch jemand der Anwesenden eine Frage zum gestrigen Stoff habe. Das Schweigen, das sowieso bereits im Raum lag, behielt Bestand. Und so drehte sich der Dozent zum Whiteboard, das hinter ihm hing, nahm einen der Stifte und schrieb in großen Lettern die Worte „ZIELE UND WÜNSCHE" an die Tafel. Die Köpfe wurden gedreht und zueinander gesteckt. Man gestikulierte untereinander. Dann schlug mit einem Knall der metallene Koffer auf dem Pult auf und der Dozent kramte einen Stapel Moderationskarten heraus, die er reihum durchgehen ließ. Er deutete auf seine Uhr und zeigte seinen

Schülern an, dass sie nun zehn Minuten Zeit hatten, die Aufgabe anzugehen. Ohne dass er es erwähnen musste, bedeutete dies, dass man im Anschluss nach vorne kommen und etwas zu seinem Kärtchen sagen musste.

Melissa machte den Anfang. Ihr Traum war Tierärztin, denn sie ritt schon seit sie sieben war. Außerdem hatte sie einen Hund, zwei Vögel und liebte Tiere. Am ehesten könnte sie sich vorstellen in einem Zoo zu arbeiten, denn dort hätte sie dann auch einmal mit exotischen Tieren zu tun.

Franks Wunsch war kurz und knapp: diesen Kurs so schnell wie möglich überstehen. Was zur allgemeinen Belustigung führte.

Sebastian folgte mit dem Wunsch die Leitung des Teams in dem Unternehmen, indem er arbeitete, zu bekommen. Doch war er gleich darauf sehr betroffen, denn wie er schon mitbekommen hatte, erfüllte er nur die Quote und wer wollte schon einen „Behinderten" in der Führungsebene, der noch nicht einmal reden konnte, sondern nur wild mit den Händen um sich herumfuchtelte.

Dann kam Ben an die Reihe. Schüchtern erhob er sich und lief langsam nach vorne – quasi um Zeit zu schinden – doch es half ihm nichts. Und so nahm er einen der Magnete und heftete seinen Zettel ebenfalls an die Tafel. Zunächst verdeckte er mit seinem Körper noch das Kärtchen und er hielt in dieser Stellung auch einen Moment inne, denn er konnte sich schon denken, was nun folgte. Und es kam, wie er erwartet hatte, kaum dass er sich zur Seite drehte: gestikuliertes Gelächter schallte ihm entgegen. Der Dozent versuchte die anderen Teilnehmer in Schach zu halten, was ihm mehr oder minder gut gelang. Und nachdem sich die allgemeine Erheiterung nun langsam gelegt hatte, wandte sich der Dozent nun an Ben, um ihm die Gelegenheit zu geben, über seine Ziele und Wünsche zu sprechen. Eigentlich war es nur ein Wunsch: Schauspieler zu werden. Ben traute sich schon nicht mehr, überhaupt etwas dazu zu sagen. Es war ein Wunsch – sein Wunsch – an dem er hing und hoffte, dass er vielleicht irgendwann einmal in Erfüllung ging. Dieser Wunsch bedeutete ihm mehr als reich zu sein oder eine Führungsposition inne zu haben. Ben wollte schlicht und ergreifend auf die Bretter, die die Welt bedeuteten.

Nach Ben kamen noch die anderen Mitstreiter des Kurses, aber wie zu erwarten war von diesen Strebern, kamen hier die ernsten politischen und gesellschaftskritischen Themen zur Sprache. Dabei fragte sich Ben in seiner Niedergeschlagenheit, was das mit Wünschen und Träumen zu tun hatte.

Die Pause erlöste Ben von seinen Qualen: den Blicken und Gestiken der anderen. Er war ohnehin schon Zielscheibe ihres Spottes, aber nach dem heutigen Morgen, hatte er wohl dem Ganzen auch noch die Krone aufgesetzt.

Abgeschlagen und wie mit Füßen getreten sehnte er das Ende des heutigen Unterrichtstages herbei. Am liebsten hätte er sich auf der Toilette verkrochen oder wäre zum Koffein-Junkie geworden oder am besten umgekehrt, damit er heute nicht mehr in die Klasse zurück müsste. Aber er harrte der Dinge, die der Tag für noch bereithielt. Und so genoss er die Mittagspausenzeit, die er alleine verbringen konnte – und dies auch tat. Gemütlich lief er zum Bäcker und holte sich ein belegtes Brötchen und ein Plunderteilchen. Er liebte die Nussschnecken mit Zuckerguss. Danach ging es ihm auch schon wieder ein Stück weit besser. Nur noch vier Unterrichtsstunden ging es ihm Bissen für Bissen durch den Kopf und der angenehme Geschmack der gerösteten Haselnüsse und des leckeren Zuckergusses taten ihr Übriges dazu.

Und so waren auch irgendwann die letzten Stunden seiner heutigen Weiterbildung ins Land gezogen und Ben hatte schneller denn je seine Tasche gepackt und versuchte in Windeseile das Weite zu suchen. Vielleicht schaffe ich ja noch eine Bahn früher, dann brauche ich nicht mit den anderen an der Haltestelle zu warten, raste es ihm durch den Kopf, als er die Treppen vom dritten Stock hinunter spurtete. Hastig drückte er die Tür auf, sprang über das Pflaster und spurtete an der Tankstelle vorbei in Richtung Ampel. Mach schon, mach schon, dachte er und klopfte erneut auf den gelben Kasten der Ampelanlage. Von rechts konnte er die Bahn schon aus Richtung Mühlburg heranfahren sehen. Endlich hielten die Autos und die Ampel sprang für ihn auf grün um, was ihn in großen Schritten über die Straße flitzen ließ. Als die Bahn an die Haltestelle Yorkstraße herangefahren war und langsam zum Stehen kam, lief er hinter ihr über die Gleise und stieg in der hintersten Tür der S-Bahn ein. Mit einem Ruck setzte sich die S-Bahn der Linie 5 auch wieder in Bewegung und steuerte weiter zielstrebig auf die Innenstadt von Karlsruhe zu. Ben blickte sich um auf der Suche nach einem Fensterplatz, so dass er wieder den Kopf gegen die Scheibe lehnen und in einem leichten Zustand des Vor-sich-hin-dösens die Heimfahrt genießen konnte. Doch leider war die Bahn um diese Zeit bereits mit Pendlern gefüllt, die wie er selbst auf dem Heimweg waren. Und so nahm er neben einer älteren Dame Platz. Mit dem ersten Atemzug stieg Ben ein Duft in die Nase, der ihn an seine Oma erinnerte. Er vermutete, dass auch diese Dame sich dem kultigen Duftwässerchen mit den vier Zahlen hingab und bestimmt auch einen kleinen Zerstäuber davon in ihrer Handtasche mit sich führte.

Während Ben schon in der S-Bahn saß und die anderen Teilnehmer nun endlich alle gegangen waren, packte auch der Dozent seine Tasche und knipste das Licht aus. Bevor er die Tür schloss ließ er seinen Blick noch einmal durch den Klassenraum gleiten. Sind die Fenster alle geschlossen? Hat auch niemand seiner Zöglinge etwas liegen lassen? Dann blieb sein

Blick noch einmal kurz auf der Tafel heften, an der auf der linken Seite immer noch die Kärtchen der Schülen hingen. Wie ein Eyecatcher stach ihm das Kärtchen von Ben ins Auge. Schauspieler. Schmunzelnd drehte er sich um und schloss die Tür hinter sich.

Ben hatte mittlerweile die beiden Stöpsel im Ohr und spielte so lange mit seinem MP3-Player, bis endlich Musik kam. Dann lehnte er sich zurück und starrte wieder einmal Gedanken versunken Löcher in die Luft. Irgendwann bekam er dann einen Rämpler von rechts, als die ältere Dame aussteigen wollte. Und so stand Ben kurz auf, um das Mütterchen vom Fensterplatz raus zu lassen. Noch einmal wehte ihm ihr Parfum um die Nase, ehe es stetig verblasste. Ben packte die Gelegenheit beim Schopf und setzte sich auf den Fensterplatz. Auch wenn es nicht mehr weit war, aber so konnte er doch wenigstens die paar Minuten noch den Kopf auf die Seite und gegen die Scheibe lehnen. Seinen Blick ins Leere hatte er nun wieder gegen den Blick der vorbeiziehenden Umwelt getauscht. Von Haltestelle zu Haltestelle kam es ihm immer vertrauter vor und schließlich erhob auch er sich, packte seine Tasche und lief zur Tür, um den Knopf zu drücken, damit die S-Bahn auch hielt. Niedergeschlagen schritt er vom Bahnhof nach Hause begleitet von der Musik, die lautstark in sein Ohr drang.

Nun stand er vor dem Mietshaus, wo er und seine Mutter wohnten. Müde kramte er in seiner Hosentasche nach dem Schlüsselbund und öffnete schließlich die Eingangstür. Dann folgte der Aufstieg in den dritten Stock. Nachdem er die Wohnungstür hinter sich geschlossen hatte, stellte er seine Tasche an der Garderobe ab und zog seine braunen Lederschuhe aus. Demotiviert lief er den Flur entlang und legte einen kurzen Stopp in seinem Zimmer ein. Nach einem weiteren Stopp im Bad ging er ins Esszimmer, wo seine Mutter bereits den Tisch deckte.

Ben begrüßte seine Mutter in Gebärdensprache und winkte ihr kurz zu.

„Hallo Sohnemann. Wie war es heute?", fragte sie ihn.

Ben antwortete ihr mit einer „so la la"-Geste.

Seine Mutter verschwand dann kurz in der Küche und Ben setzte sich an die Längsseite des Tisches. Die Lampe über dem Tisch beleuchtete die Holzplatte und alles was auf ihr lag nur spärlich. Und so blieb der Rest des Zimmers in einem Zustand von Dämmerung. Es dauerte keine fünf Minuten, bis seine Mutter auch schon wieder aus der Küche zurückkam und das Abendessen in den Händen hielt. Sie stellte das Tablett auf den Platz gegenüber von Ben. Sie schöpfte erst Ben, dann sich selbst auf den weißen Teller. Heute gab es mal wieder einen Restetopf, wie des Öfteren in der letzen Zeit. Während dem Essen stocherte Ben mehr im Essen herum, als dass er aß.

„Was ist Dir denn heute wieder über die Leber gelaufen? Bist ja schon wie dein Vater. Na sag schon, was ist los?", fragte sie ihn.

Ben begann ihr zu gestikulieren, dass er heute von den anderen Kursteilnehmern ausgelacht wurde. Je mehr er sich hineinsteigerte, desto schneller wurden seine Gebärden, die er seiner Mutter gegenüber machte.

„Wieso das denn?", fragte sie nach und schob sich den nächsten Löffel in den Mund.

Ben gestikuliert ihr, dass es heute unter anderem um Träume ging und jeder seinen Traum aufschreiben sollte.

„Und was hast du aufgeschrieben?"

Mit steigender Begeisterung für seinen Traum gestikulierte er seiner Mutter, dass sein Traum wäre, einmal ein großer Schauspieler zu werden.

„Kein Wunder! Du solltest dir vielleicht ein paar reellere Träume ausdenken. Sei froh, dass du überhaupt einen Job hast."

Nach diesen Worten erhob sich Ben´s Mutter und ging in die Küche und ließ ihren Sohn alleine im Esszimmer zurück.

Ben warf den Löffel ins Essen, das sich noch auf seinem Teller befand, erhob sich ebenfalls und marschierte auf sein Zimmer. Nach einem tiefen Atemzug packte er seine Sporttasche und machte sich auf den Weg ins Fitnessstudio. Vielleicht kam er dort auf andere Gedanken. Zumindest hatte er dort seine Ruhe. Er hörte seine Mutter noch irgendetwas sagen, doch nachdem er seine Turnschuhe angezogen hatte, ging er durch die Wohnungstür, die hinter ihm ins Schloss fiel. Und so bekam Ben nicht mehr mit, wie seine Mutter in der Küche zur Flasche griff und sich einen einschenkte. Aber er wusste, dass sie es tat. Nach einigen Minuten Fußmarsch durch den Ort, die Stöpsel im Ohr, die Musik vom MP3-Player laut aufgedreht, erreichte er das kleine Fitnessstudio. Als Mucki-Bude konnte man es nicht bezeichnen, aber es hatte alles was das Herz eines Durchschnittsmenschen brauchte, um sich körperlich fit zu halten. Ben fühlte sich hier wohl, auch wenn es niemanden gab, mit dem er sich „unterhalten" konnte. Aber hier hatte er seine Ruhe – mit Ausnahme der Musik, die er hörte. Den Besitzer kannte Ben nun mittlerweile auch schon seit einigen Jahren. Ben zog sich rasch in der kleinen Umkleide um und schloss seine Tasche in den roten Metallspint mit der Nummer „4". Bewaffnet mit Handtuch, Wasserflasche und MP3-Player begab er sich zu den Gerätschaften, um sich körperlich aus-zupowern. Aber statt der vielen Gewichte wollte er heute nur auf den Stepper oder das

Laufband. Gäbe es einen Sandsack, hätte er vielleicht heute auch von diesem Gebrauch gemacht. Und so trat Ben kräftig los. 20 Minuten. 30 Minuten. Und nach 50 Minuten drückt er auf „Stopp" und stieg von dem Gerät herunter. Genug für heute, dachte er sich und trat erst den Gang zur Umkleide an und anschließend den Weg nach Hause. Wie er erwartet hatte, hockte seine Mutter im Wohnzimmer vor dem Fernseher. Wahrscheinlich nahm sie nicht einmal wahr, dass er nach Hause gekommen war, denn die Lautstärke übertönte das Schließen der Wohnungstür. Zielstrebig ging er ins Bad und stellte sich unter die Dusche. Und so stand er unter der Flut der Wasserstrahlen, die auf seinen Körper trafen und wie Rinnsale an seinem Körper hinunter liefen. Die Augen geschlossen ließ er das Wasser auf sich einprasseln und stellte sich vor, es sei ein warmer Regen. Den Schweiß und den Ärger des heutigen Tages hinfort gespült, führte ihn sein nächster Weg vom Bad ins Bett, wo der Schlaf nicht lange auf sich warten ließ.

Am anderen Tag

Ein Sprichwort besagt: neuer Morgen, neues Glück. Aber ob dies auch für Ben zutraf, sollte sich erst noch zeigen.

Ohne großes Frühstück hatte Ben die Wohnung verlassen. Seine Mutter hat ihm schon wieder erklären wollen, dass er doch etwas essen solle. Aber er hatte es langsam satt, sich jeden Morgen die gleichen Worte anhören zu müssen, die es wie täglich aufgewärmt zum Frühstück gab und wenn möglich auch zum Mittag- und Abendessen.

Lustlos saß Ben wieder in der S-Bahn, die ihn nach Karlsruhe brachte. Der Morgen verlief identisch mit dem gestrigen und würde auch genau so ablaufen wie der morgige: Stöpsel im Ohr, die Musik auf annehmbarer Lautstärke und den Kopf gegen die Scheibe gelehnt. Der Blick irgendwo in der Ferne und die Gedanken weit entfernt an einem anderen Ort. Je näher die Bahn sich Karlsruhe näherte, desto voller wurde es. Aber eigentlich interessierte ihn das nicht. Er nahm nur die Menschenmassen war, die sich an den Haltestellen entlang der Straßenbahnlinien bildeten und mit dem

Einfahren der Bahnen in Bewegung setzten und in die Bahnen drangen und sich auf den Gängen aneinander quetschten. Ein Großteil der Pendler hatte die S-Bahn auch schon wieder verlassen, als er sich aufmachte an der nächsten Haltestelle auszusteigen. Wieder hatte er sein Ziel erreicht – Haltestelle Yorkstraße – wenn auch heute wegen der Baustellen mit Verspätung.

Wieder schlenderte Ben zur Ampel und wartete auf das kleine grüne Männchen. Wieder vorbei an der Tankstelle lief er auf das Gebäude zu, das er zu betreten heute eigentlich keine Lust hatte. Wie es sich für ihn aber schon zu einem Brauch entwickelt hatte, führte ihn sein Weg zu aller erst zum Kaffee-automaten im Parterre. Mit langsamen Schritten und dem Plastikbecher mit heißem Kaffee in der Hand erklomm er Stufe um Stufe nach oben. Vor der Tür des Seminarraumes blieb er erst einmal stehen. Er war sich unschlüssig, ob er ihn betreten sollte oder nicht. Und so schloss er für einen Moment die Augen und holte tief Luft. Mit noch müden Lidern machte er seine Augen wieder auf, als vom Ende des Ganges ein „Hallo" an ihn heran drang. Er blickte den Flur hinunter und sah einen Mann, der über den Gang gehuscht war und in einem der anderen Räume auch gleich wieder verschwand. Ben kannte den Mann nicht, aber höflichkeitshalber winkte er den Gang hinunter als Geste und auf seine Art und Weise „Hallo" zu sagen.

Ein Blick auf seine Armbanduhr sagte ihm, dass er schon zwanzig Minuten zu spät war, was ihn aber heute nicht kümmerte. Unter anderen Umständen hätte er sich abgehetzt und alles gegeben doch noch relativ pünktlich zu erscheinen. Nach einem weiteren tiefen Atemzug drückte er die Türklinke nach unten und öffnete die Tür. Die Blicke der anderen wanderten wie von alleine zur Tür und blickten ihm entgegen. Hier und da nahm er auch noch ein Schmunzeln war, doch er interpretierte dies nicht als freundschaftliche Geste, sondern zählte dies noch als Nach-wirkung des gestrigen Unterrichtstages. Innerlich bereits niedergeschlagen betrat Ben das Zimmer und schloss die Tür hinter sich.

Am Nachmittag war es endlich soweit. Ben konnte es kaum erwarten und blickte fast minütlich auf seine Uhr, bis das Ende des heutigen Seminartages näher rückte und schließlich da war.

Heute war er nicht bei den ersten, die durch die Tür nach draußen stürmten. Ganz im Gegenteil. Heute gehörte er zu den letzten drei. Eine Kollegin aus dem Kurs packte ihre Tasche, kramte noch etwas darin herum und blickte sich dann verlegen in dem fast menschleeren Raum um. Mit einem großen Schritt stand sie vor dem Tisch, an dem Ben noch saß und seine Stifte, den Block und die Unterlagen des Kurses in seine Tasche räumte. Gedankenversunken stopfte er seine Sachen in Zeitlupe hinein und erst als die junge Dame vor ihm stand, blickte er kurz auf. Sie lächelte ihn an und legte ihm ein kleines, schon leicht zerknittertes Stück Papier auf den Platz. Leicht rot im Gesicht drehte sie ich um und winkte ihm zum Abschied noch einmal kurz zu und schon sah Ben von ihr quasi nur noch eine Staubwolke. Ben bemerkte, wie der Dozent kurz aufblickte und die Situation aus einem Augenwinkel wahrgenommen hatte. Aber er schwieg. Ben tat es ihm gleich. Dann wandte jeder der beiden Männer den Blick wieder vor sich auf den Tisch. Ben faltete den Fetzen Papier auseinander und erkannte dass es eine

Anzeige aus einer Zeitung war. Dann überflog er den Text:

Casting ... Filmproduktion ... Männer ... bis 30 ... Kontakt ... nähere Infos....

Bis er aufblickte war der Dozent auch verschwunden und er saß alleine da. Gedanken überschlugen sich in seinem Kopf und das Verlassen des Seminarraumes und des Gebäudes bekam auf einmal eine eigene Dynamik und seine Schritte beschleunigten sich.

In der S-Bahn, auf dem Weg nach Hause, kramte Ben immer wieder den Zeitungsausschnitt heraus und las die wenigen Zeilen, die die Anzeige enthielt. Man konnte sich den Vorsprechtext im Internet herunterladen. Zur Abwechslung blickte Ben heute auf der Heimfahrt nicht in Gedanken versunken aus dem Fenster, sondern ein Gedanke jagte den nächsten und ohne auch nur einen geringsten Anhaltspunkt zu haben, was ihn bei einem solchen Casting erwartete, sponn Ben die wildesten Gedanken in seinem Kopf zusammen und dann brauchte er ja auch noch einen Plan! Am liebsten wäre er nach vorn und hätte den Fahrer der S-Bahn gefragt, ob er nicht schneller fahren könne, denn er hatte es heute eilig. Langsam fing er in der Bahn an zu zappeln, denn er konnte es kaum erwarten zu Hause an seinem Rechner zu sitzen und im Internet auf diese Seite zu gehen. Er brauchte mehr Input – und zwar schnell. Und gerade heute musste seine S-Bahn auch überall auf den entgegenkommenden Verkehr warten: erst der Halt in Grötzingen am Krappmühlenweg, dann in Berghausen am Bahnhof und dann noch zwischen Berghausen und Söllingen, wo die S-Bahn auf die Gleise der Bahn wechselt, aber erst den vorbeifahrenden IC vorbeilassen musste. Die kurzen, nicht fahrplanmäßigen Stopps, kamen Ben ziemlich lange vor.

Als er endlich aus der Bahn aussteigen konnte, lief er schnellen Schrittes vom Bahnhof nach Hause. Beinahe wäre er noch beim Überqueren des Zebrastreifens in ein Auto gerannt beziehungsweise das Auto hätte ihn erfasst. Aber das Quietschen der Bremsen hatte ihn davor bewahrt. Mit schnellen Schritten und immer zwei Stufen auf einmal erklomm er die Treppe im Haus nach oben. Dann stürmte er in die Wohnung und schenkte den Worten seiner Mutter – die von der Küche kamen - erst einmal keine Bedeutung. Wichtig war es, seinen Rechner einzuschalten, so dass dieser schon einmal hochfahren könne, während er etwas aß. Und so zog er dann Schuhe und Jacke aus, ging ins Bad, um sich die Hände zu waschen, ehe er das Wohnzimmer betrat, wo Teller und Besteck bereits bereit lagen. Auf die Frage seiner Mutter, wie es heute war, kam von ihm ein „so-la-la". Nach der Reaktion seiner Mutter am gestrigen Abend, zog er es vor, seine Pläne noch für sich zu behalten. Obwohl das Essen, was ihm seine Mutter heute servierte nicht der Brüller war, schaufelte er es in sich hinein, als sei er kurz vor dem Verhungern, denn er musste schleunigst vor den Rechner sitzen. Und so gab er seiner Mutter zu verstehen, dass es viele Hausaufgaben gäbe und er nun noch ein bisschen am Computer arbeiten müsse.

Verbarrikadiert in seinen vier Wänden, hockte Ben nun vor dem Rechner und gab die Adresse der Website ein. Am liebsten hätte er der Eieruhr den Kopf herumgedreht, denn sie drehte sich und drehte sich. Ganz allmählich baute sich die Seite auf, auf die er schon so lange gewartet hatte. Unter „Aktuelles" wurde er schließlich mit Informationen über das

Filmprojekt fündig. Und ohne auch erst einmal den Text genau durchzulesen, drückte er auch schon auf Download, um sich die Datei mit dem Text für das Vorsprechen herunter zu laden. Und kaum war dieser Vorgang beendet, da setzte sich auch schon der angeschlossene Drucker in Bewegung und zog eine Seite nach der anderen ein, ehe er sie wieder mit Text bedruckt ausspuckte. Plötzlich klopfte es an der Tür. Hastig nahm er den Stapel aus dem Drucker und schob ihn unter andere Ausdrucke und legte noch ein Buch darüber. Und just in diesem Moment öffnete sich auch schon seine Zimmertür und seine Mutter streckte den Kopf herein.

„Ich gehe jetzt ins Bad und dann lege ich mich hin. Gute Nacht." Mehr sagte sie nicht, ehe sie wieder verschwand und die Tür hinter sich zuzog.

Ben erwidert den Gute-Nacht-Wunsch in Gebärdensprache und widmete sich dann wieder schlagartig dem Ausdruck. Er überflog noch die Seite im Internet und fand dort auch Datum, Uhrzeit, Anfahrtsbeschreibung und Beschreibung der Personen, die für den Filmdreh und das damit verbunden Vor-

sprechen gesucht wurden. Mit großem Ent-
setzen stellte er beim erneuten Durchlesen fest,
dass das Casting schon am nächsten Tag in
Baden-Baden stattfinden sollte. Mist, dachte er
vor sich hin. Dann müsse er wohl die
Weiterbildung für einen Tag schwänzen. Was
soll's. Auch dies alles druckte er sich aus und
suchte gleich noch einen passende Verbindung
heraus, wie er morgen von Karlsruhe nach
Baden-Baden kam.

*S4 von Karlsruhe Hauptbahnhof
(Vorplatz) auf Gleis D*

*Abfahrt 08:31 Uhr, Ankunft in Baden-
Baden um 09:04 Uhr*

Aber er musste dann ja noch weiter zum
Casting, das in den Räumlichkeiten des SWR
stattfand. Nach einer Recherche fand Ben
heraus, dass die Buslinie 216 Richtung
Neuweier an seinem Zielort vorbeifuhr und er
an der Haltestelle Hans-Bredow-Straße aussteigen konnte. Alternative und wahrscheinlich
auch eine schnellere Variante war wohl das
Taxi, welches ihn in nur vierzehn Minuten zu
seinem Ziel bringen würde.

Dann versetzte er seinen Rechner wieder in den Dornröschenschlaf. Im Anschluss daran schnappte er sich dann den Vorsprechtext und legte sich auf's Bett. Akribisch studierte er die Zeilen und seine Lippen formten dabei jedes Wort, auch wenn davon nichts zu hören war. Die Seiten mit dem Text wanderten unter sein Kopfkissen und er selbst legte sich schließlich auf den Rücken und blickte zur Decke. An seinem Gesichtsausdruck konnte man erkennen, dass sein Entschluss fest stand: er würde zu diesem Casting fahren! Dann schaltete er das Licht aus.

Der große Tag

Um kein großes Aufsehen zu erregen und auch keine unnötigen Streitereien mit seiner Mutter vom Zaun zu brechen, ließ Ben das morgendliche Frühstücksritual über sich ergehen und verließ planmäßig – wie die beiden letzten Tage auch – die Wohnung und machte sich auf zum Bahnhof. Um diese Uhrzeit hatte er noch gute Chancen einen Platz zu finden. Und so beschlagnahmte er einen der Vierersitze und drückte sich ins Eck, so dass er sich wieder gegen die Scheibe lehnen konnte. Aus seiner Tasche zog er dann ein paar bedruckte Blätter hervor, die er dann fleißig anfing zu studieren. Bis Karlsruhe hatte er ja ein bisschen Zeit, um sich den Text für das Casting einzubläuen.

Nach knapp einer Dreiviertelstunde war er an der Haltestelle Durlacher Tor angekommen. Durch die Baumaßnahmen hielt die S-Bahn vor dem Karlsruher Institut für Technologie – kurz KIT. Hier musste er schon umsteigen. Wenn er Glück hatte, kam bereits eine Bahn, in die er hier einsteigen und bis Baden-Baden sitzen bleiben konnte. Doch Fortuna war ihm zu dieser Uhrzeit anscheinend noch nicht so wohl gesonnen. So stieg er in die nächstbeste Bahn, die kam und über die Rüppurrer Straße in Richtung Hauptbahnhof fuhr. Nach nur wenigen Haltestellen hatte Ben auch schon den Bahnhofsvorplatz erreicht, wo er ausstieg. Am letzten Gleis fuhr seine Bahn ab und so lief er hinüber, dem Eingang vom Stadtgarten ein Stück entgegen und hielt sich dann links, wo ihm schon die Anzeigetafel die Bahn, die Uhrzeit und die Anzahl der Waggons entgegenblinkte.

Als die S-Bahn dann endlich kam und losgefahren war, kam Alex durch die Bahn gelaufen, auf der Suche nach einem freien Sitzplatz. Ben hatte Alex sofort erblickt und den Mann nicht aus den Augen gelassen und wie wenn er es geahnt hätte, nahm Alex neben Ben Platz. Und noch ehe der Stoff seiner Hose den Sitz berührte, klingelte auch schon sein Smartphone.

„Hi!", begrüßte Alex den Anruf am anderen Ende der Leitung. Ben verkroch sich und wandte sich dem Fenster zu. Aus seiner Tasche kramte er erneut den Text für das Casting, um diesen noch einmal durchzugehen. Alex, so schien es, telefonierte ununterbrochen. Und hatte er mal das Handy nicht am Ohr, so hielt er es in der Hand und tippte wie wild eine SMS nach der anderen oder weiß der Kuckuck was. Und machte er auch dies nicht, so checkte er seine Social-Networks auf die neusten Neuigkeiten oder postete, was Ben lieber nicht wissen wollte. Es fiel Ben schwer, sich im Trubel der vollen S-Bahn zu konzentrieren und vor allem, wenn dann noch so einer wie Alex neben ihm saß. Während des lauten Telefonierens und „mit-sich-selbst-redens" sowie die Kommentare zu den geposteten Nachrichten seiner Bekannten, die Alex laut zitierte, wurde Ben ständig abgelenkt. „Ist das vielleicht ein Labersack", ging es Ben die ganze Zeit durch den Kopf. Aber einen Joker hatte Ben noch im Ärmel beziehungsweise in der Tasche: seinen MP3-Player. Und so kramte er die Stöpsel aus der Tasche und drehte die Lautstärke etwas auf. Doch als Nebengeräusch konnte er immer noch Alex′ Gerede wahrnehmen. Schließlich gab er es auf und stopfte die bedruckten weißen Blätter zurück in seine Tasche. Die Musik dröhnte aus den Ohrstöpseln während Ben einfach nur aus dem Fenster blickte und alles an sich vorbeiziehen ließ. Unbeeindruckt von seinem Nachbarn, telefonierte Alex lauthals weiter, so dass es die ganze S-Bahn hören konnte:

„Ja, ja, ich werde das schon nicht vergeigen?"

„Ja, ich weiß, dass ein neuer Job mir gut tun würde."

„Ob ich was genommen hab?"

Dabei blickte sich Alex für einen Moment um und konnte teilweise in fragende Gesichter blicken.

„Du kennst mich doch."

„Nein!"

„Ja, ja, ich melde mich dann."

„Ja, bis dann. Tschüss!"

Endlich legte Alex auf, starrte aber noch einen Augenblick auf das Display seines Smartphones.

„Frauen!!!"

Alex blickte zu Ben, der immer noch aus dem Fenster starrte. Langsam kamen sie ihrem Ziel – Baden-Baden – näher. Und so macht sich Ben langsam bereit zum Aufstehen. Alex ignorierte ihn zu Beginn, doch bereits mit der Tasche in der Hand und neben ihm stehend, erhob sich Alex schließlich und ließ Ben hinaus, der sich in Richtung Tür begab. Ben war nicht lange allein, als er an Tür wartete und die S-Bahn im Bahnhof einfuhr. Hinter Ben gab es auf einmal hier und da ein wenig Gemecker, aber er war in seinen Gedanken schon auf sein Ziel fixiert. Doch dann, als die Bahn hielt und die Türen aufgingen, erfuhr er am eigenen Leib, was sich gerade hinter ihm abgespielt hatte: Alex drängelte sich durch die Menschenmasse, die ebenfalls aus der Bahn aussteigen wollte. Vorbei an Ben rempelte er diesen ebenfalls an, worauf dieser ihm einen Gesichtsausdruck hinter warf, den man mit „Was für ein Vollidiot!" deuten konnte. Und dann schließlich bahnten sich die Aussteigenden ihren Weg durch die Menschenmenge der Einsteiger. Und so herrschte für einen Moment ein dichtes Gedränge auf dem Bahnsteig.

Nachdem Ben sich dann auf dem Bahnhof in Baden-Baden orientiert hatte, beschleunigte er seinen Schritt in Richtung Ausgang. Kaum hatte er das Bahnhofsgebäude im Rücken, konnte er auch schon den Taxistand erkennen. Noch ein Taxi stand fast herrenlos verloren auf dem markierten Seitenstreifen. Was für ein Timing, dachte Ben und steuerte darauf zu. Es fehlten ihm vielleicht noch zwanzig Meter bis er sein Ziel erreicht hatte, als von rechts ein Mann im schnellen Stechschritt an ihm vorbei sauste, den Kaffee „to go" in der Hand: Alex. Frech wie Oskar riss er die Beifahrertür des Autos auf und stieg ein. Ben traute in diesem Moment seinen Augen nicht und als das Taxi sich dann in Bewegung setzte, warf er diesem Mistkerl gleich ein paar Donnerwetter hinterher. Was tun, fragte sich Ben nun, am leeren Taxistand angekommen. Wäre jemand in Reichweite gestanden, der der Gebärdensprache mächtig gewesen wäre, hätte er aus Ben´s Gestik auch das Wort „A......." herauslesen können. Und als nach gefühlten fünf Minuten immer noch kein weiteres Taxi vorgefahren war, lief er zu der Bushaltestelle hinüber und schaute nach den Abfahrtszeiten der Busline 216, um so zu seinem Ziel zu kommen. Glücklicherweise kam in weniger als zehn Minuten der nächste Bus. Um die Wartezeit sinnvoll zu überbrücken studierte Ben den Haltestellenplan, damit er wusste, wann er aussteigen musste. Sein Ziel: die Haltestelle Hans-Bredow-Straße.

Nach einer unspektakulären Busfahrt stand er nun an der Haltestelle und machte sich auf zum Areal des SWR. Er brauchte dafür nicht einmal zehn Minuten. Vielleicht lag es an seiner sportlichen Konstitution. Vielleicht, sinnierte Ben. Doch wo fand nun das Casting statt? Denn es stand nicht nur ein großes Gebäude hier, sondern ein ganzer Komplex an Gebäuden. Als er so herum irrte, erblickte er auf einmal einen Wegweiser, auf dem unter anderem „Besucherführungen" stand. Zielstrebig folgte er dieser Beschilderung, bis er schließlich vor einem der vielen Gebäude stand. Nach einem tiefen Atemzug blickte er noch einmal an der Fassade empor und betrat dann mutig das Gebäude durch gläserne Tür. Er hatte sich innerlich schon darauf eingestellt, dass es nun einen Spießroutenlauf geben könnte und kramte bereits in seiner Tasche, um nach Papier und Stift zu suchen, um den Herrschaften an der Anmeldung aufzuschreiben, was er suchte. Doch dann entdeckte er einen Monitor, auf dem auch noch eben kurz „Casting" zu lesen war, bevor das nächste Bild erschien. Also wartete Ben geduldig vor dem Bildschirm, bis die Seite mit dem Casting wieder eingeblendet wurde. Und siehe da, nun hatte er alle Infos die er brauchte: diese Gebäude, zweiter Stock. Auf dem Weg dahin entdeckte er dann auch die Wegweiser, die hier und da in den Gängen standen. Im zweiten Stock angekommen, bog er in den Gang hinein und erblickte schon eine Reihe von Männern, die saßen oder standen und ebenfalls weiße Zettel in den Händen hielten. Das kann sicherlich noch etwas dauern, ging es Ben durch den Kopf und so machte er sich auf und suchte die nächste Toilette. Am Ende des Gangs wurde er auch fündig. Kaum stand er in dem kleinen Vorraum, in dem sich auch die Waschbecken befanden, da hörte er aus dem nächsten Raum eine kräftige Männerstimme, die voller Inbrunst den Text des Castings darbot. Ben hielt einen Moment inne und lauschte den Worten ehe er sich dann zu der Schwenktür begab, die zu den Pissoirs führte. Kaum dass er dieses eigentlich stille Örtchen betrat, erkannte er Alex wieder, der sich just in diesem Moment zur Tür drehte und den Reißverschluss seiner Hose hoch zog. Beim

Vorbeilaufen an Ben zwinkerte er diesen mit einem selbstsicheren und herablassenden Blick an. „Down" von dieser Begegnung lief Ben auf die Pissoirs zu. Erleichtert, aber demotiviert verließ Ben dann die Herrentoilette und machte sich wieder auf zu den anderen Wartenden im Gang.

Einige der Männer, die wohl ebenfalls für diese Rolle vorsprachen, hielten - wie auch er - seine weißen Ausdrucke mit dem Text in der Hand. Andere hatten die Stöpsel im Ohr und hörten Musik, die man auch noch am Platz daneben und ein paar Plätze weiter noch mithören konnte. Und wieder andere starrten einfach nur Löcher in die Luft und schienen geistig an einem anderen Ort zu sein. Die Neuankömmlinge ließen sich gleich am Anfang des Gangs auf dem Fußboden nieder und versperrten mit ihren ausgestreckten Beinen den Flur. Wieder einmal schaute Ben auf seine Uhr und seufzte. Dann ging die Tür auf und Alex kam mit stolzer Brust heraus und marschierte an den anderen vorbei. Ben schaute ihm noch ein Stück nach, bis er um die Ecke verschwunden war. Die arrogante Art von Alex gefiel Ben nicht und löste bei ihm ein bisschen Verunsicherung aus.

Plötzlich hörte Ben eine zarte Frauenstimme aus der anderen Richtung des Gangs. Er blickte sich um und sah eine junge Dame, die den Kopf aus der Tür streckte:

„Der nächste, bitte."

Da sich keiner der anderen regte, weil sie es aufgrund der leisen Lautstärke wohl nicht gehört hatten, stand Ben kurzerhand auf, packte seine Tasche und schritt auf die Tür zu. Die Dame hielt ihm noch die Tür auf und lief dann im innern des Raumes auf den Tisch zu, wo die Jury des heutigen Castings saß. Ben orientierte sich erst einmal für einen Augenblick in dem leicht abgedunkelten Raum. Einige Spotts waren auf die Mitte des Raums gerichtet, wo auch er in wenigen Augenblicken stehen würde. Aus seiner Tasche zog er eine blaue Mappe, aus der er ein paar Blätter herausholte. Ein letzter tiefer Atemzug und dann lief er auf die Jury zu. Jedem der drei Personen legte er eine „Bewerbungsmappe" vor, auf der zuoberst ein Zettel lag. Die Drei nahmen die Mappen entgegen und blickten Ben etwas verwundert an, denn damit hatten sie wohl nicht gerechnet. Lediglich das Formblatt, welches man auch im

Internet herunterladen konnte, hätte ihnen gereicht. Ben wandte sich dann um und lief zurück. Abermals tauschten die Drei Blicke aus, als sie den Text auf dem Zettel gelesen hatten, denn auf diesem Stand:

Ich heiße Ben und bin stumm. Mein Traum ist es Schauspieler zu werden und daher möchte ich heute für diese Rolle vorsprechen / performen.

Die drei Jury-Mitglieder blickten sich wieder an, dann richtete die junge Frau das Wort an ihn:

„Ja, äh, dann, äh, bitte - Ben."

Dann trat Ben ins Zentrum des Rampenlichts und fing mit seiner Performance an. Seine Mimik und Gestik waren brillant. Und seine Lippen formten die Worte des Textes. Man könnte meinen, dass einfach nur jemand den Ton ausgeschalten hätte. Für die Rolle, die er verkörpern sollte, strahlte er eine authentische Art aus, die der Jury fast die Sprache verschlug. Und so blickten ihn am Ende seiner Darbietung die drei Personen hinter dem Tisch auch an.

„Sie hören von uns. Danke.", sagte der Mann, der von ihm aus gesehen rechts außen saß.

Die Frau in der Mitte machte sich Notizen und schrieb und kritzelte vor sich hin. Dann hob sie kurz den Kopf und blickte Ben an.

„Danke."

Mehr kam von ihr nicht. Und die junge Dame, die ihn reingeholt hatte saß schweigend, aber immerhin mit einem großen Lächeln im Gesicht, auf ihrem Platz. Ben dachte wohl, dass nun noch etwas kommen sollte, aber stattdessen blieb es bei den gesagten Worten. Als Ben sich niedergeschlagen umdrehte, steckten die drei auch schon ihre Köpfe zusammen. Und so packte Ben beim Hinausgehen seine Tasche und schlurpte durch die Tür nach draußen, die hinter ihm dann zu fiel. Vorbei an den anderen Kandidaten lief er den Gang hinunter und stieg hier und da auch über die Beine derer, die noch auf dem Boden saßen, obwohl einige der Stühle mittlerweile frei waren. Nach einem kurzen Moment entschied er sich doch noch einmal das stille Örtchen aufzusuchen, bevor er die Heimreise antrat. Im Vorraum der Herrentoilette, wo sich die Waschbecken befanden, blickte er erst einmal in den Spiegel und schaute deprimiert in die Augen seines Gegenübers. Wahrscheinlich hatte die ganze Welt Recht, wenn sie meinten, ein Behinderter gehöre nicht auf die Bühne.

Mit hängenden Schultern lief Ben schließlich aus dem Gebäude und machte sich auf den Weg zur Bushaltestelle, von wo aus ihn der 216er Bus dann wieder in Richtung Bahnhof bringen sollte. Es ging ihm schon durch den Kopf, wie die, die von seinem Castingbesuch erfuhren, ihn erneut auslachen würden. Er konnte fast jedes einzelne Gesicht seiner Mitschüler vor sich sehen, wie sie ihn kugelnd vor Lachen anblickten und sich die Lachtränen aus den Augen wischten, wenn er morgen als Entschuldigung erwähnen würde, dass er bei einem Casting für einen Film war.

Schließlich im Zug auf der Heimfahrt sitzend, lehnte er den Kopf wie üblich ans Fenster und schaltete seinen MP3-Player ein. Sein Blick schweifte leer in die Ferne der vorbeirauschenden Landschaft, bis die S-Bahn schließlich über den Albtalbahnhof auf den

Vorplatz des Hauptbahnhofs fuhr. Ab hier begann wieder die abenteuerliche Reise nach Hause, denn er musste von hier erst einmal in die Innenstadt kommen und dann erneut umsteigen. Klingt unspektakulär, aber Ben hatte die letzten Tage die Baustellensituation in Karlsruhe kennen gelernt. Und so führte ihn seine Fahrt über die Karlstraße zum Europaplatz, wo er ausstieg und in die Kaiserstraße einbog. Von hier aus sollte ihn dann die S5 nach Hause bringen. Und das tat sie mit 15-minütiger Verspätung auch.

Der Tag danach

Der nächste Morgen hätte für Ben sicherlich nicht schlimmer anfangen können, als mit einer Standpauke seiner Mutter.

„Bist du noch ganz bei Trost? Einfach zu diesem blöden Casting zu fahren?"

Ben versuchte dem etwas entgegenzusetzen, doch seine Mutter fiel ihm gleich ins Wort.

„Ich habe dir doch wohl klar und deutlich gesagt, dass du dir diese Flusen aus dem Kopf schlagen sollst. Du und Schauspieler!"

Die Mutter drehte sich um und blickt aus dem Küchenfenster, den Kopf nach vorne gesenkt.

„Du bist behindert – vergiss das nicht. Und Leute wie du haben bei einem Filmdreh nichts verloren!"

Ben stand ohne etwas zu entgegnen auf und ließ sogar sein Frühstück unangetastet stehen. Dann warf er geknickt einen Blick vom Frühstückstisch zu seiner Mutter, die immer noch zum Fenster hinausschaute. Schließlich verließ er die Küche und man hörte die Wohnungstür ins Schloss fallen, während die Mutter immer noch in der Küche stand und einen tiefen Seufzer los ließ. Anschließend folgte ein tiefer Atemzug, bei dem sie den Kopf leicht aufrichtete. Mit ein paar Schritten war sie auch schon in Reichweite des Alkohols, der hier stand und schenkte sich in die Tasse ein, die eigentlich zu Ben´s Frühstücksgedeck gehörte. Nach dem ersten kräftigen Schluck folgte auch schon ein weiterer. Verzweiflung im Gesicht schenkte sie sich einen weiteren „Kurzen" ein, ehe sie sich auf einem der Küchenstühle niederließ, als just in diesem Moment das Telefon im Flur klingelte. Doch Bens Mutter blieb einfach nur da sitzen, die Flasche mit der rechten und die Tasse mit der linken Hand umklammert. Nach sechsmaligem Läuten sprang schließlich der Anruf-beantworter an.

„Wir sind nicht da. Hinterlasst eine Nachricht."

„Hallo „Ben". Hier ist Frau Weiß-müller von der Casting-Agentur. Ich wollte Ihnen mitteilen, dass Sie uns überzeugt haben und dass Sie die Rolle bekommen haben. Bitte schauen Sie in Ihre E-Mai…."

Doch mit einem Piepton wurde die Stimme der Dame abgeschnitten und der AB verstummte. Lediglich aus der Doppel-Null wurde eine 01, die nun rot auf dem kleinen Display leuchtete.

Zur gleichen Zeit, als bei Ben daheim die Dame von der Produktionsfirma auf den AB sprach, klingelte das Handy von Alex, der noch im Bett lag. Verschlafen tastete er nach seinem Smartphone, das er auf dem Nachttisch suchte, aber in Wirklichkeit in seinem Bett lag.

„Ja?", sagte Alex mit einer sehr verschlafenen Stimme.

„Alex, Hi. Ich wollte Dir nur kurz Bescheid geben, dass du die Rolle gestern nicht bekommen hast.", sagte seine Agentin, die am anderen Ende der Leitung war.

„Was?!?! Verfluchte Scheiße!"

„Wenn du gestern auch so drauf warst, verwundert mich das nicht. Du ruhst dich auf deinen Lorbeeren aus. Aber der Busch beginnt schon zu vertrocknen."

„Was soll das Gelaber?", platzte es aus Alex heraus.

„Sieh dich doch nur mal an. Du hockst in deinem Loch und dümpelst vor dich hin."

„So ein Schwachsinn."

„Naja, wie dem auch sei…. Auf alle Fälle hätte ich da eventuell einen Job für dich – als Synchronstimme."

„Schätzchen, ich bin Schauspieler. Ich stehe VOR der Kamera!"

„Arschloch!"

Dann legte die Agentin auf und das Freizeichen erklang. Alex schaute auf das Display seines Smartphones. Dann strich er sich erst einmal kräftig mit der linken Hand über sein Gesicht, ehe es aus ihm herausplatzte:

„Verdammte Scheiße!"

Dann wählte er die Nummer seiner Agentin und rief sie zurück. Es klingelte sehr lang, bevor sie sich meldete.

„Okay, okay, okay. Sorry. Es tut mir leid. Was für ein Job ist das denn? Ein Hollywood-Streifen?", fragte Alex und bemühte sich dabei höflich zu sein.

„Nein, eine deutsche Produktion."

„Mit einem Hollywood-Schauspieler?"

„Nein. Du synchronisierst dabei einen Deutschen."

„Und wieso spricht er nicht selbst? Hat es ihm die Sprache verschlagen, als er den Job bekommen hat?" fragte Alex und in seiner Stimme schwang ein leichter Unterton von Fassungslosigkeit mit.

„Weil er nicht sprechen kann!"

„Du willst mich doch verarschen, oder? Ist das die Retourkutsche?"

„Willst du den Job? Ja oder nein?"

„Also gut."

„Ich schicke dir die Daten, wann und wo du den Vertrag unterzeichnen kannst."

Dann legte die Agentin auf ohne sich auch nur im Geringsten bei Alex verabschiedet zu haben. Aber das Showbusiness ist eben hart, dachte Alex. Und wieder betrachtete er das Display seines Smartphones. Dann richtete er sich im Bett auf und griff nach einer Flasche Alkohol, die neben dem Nachttisch stand und nahm den letzten Schluck beziehungsweise trank die letzten paar Tropfen, die noch in der Flasche waren. Total übermüdet stand er auf, lief zum Schrank, aus dem er sich ein paar Klamotten holte und auf sein Bett warf. Anschließend verschwand er im Bad, wo er sich erst einmal breitbeinig vor die Kloschüssel stellte und pinktelte. Sicherlich schaute er auch wieder „scheiße" aus, aber nach einem ordentlichen Kaffee, sollte dies sich wieder normalisieren. Vielleicht tat eine Dusche ihr Übriges dazu. Und während er unter nach dem ersten Kaffee sich unter die Dusche gestellt hatte, vibrierte im Schlafzimmer sein Smartphone: auf dem Display erschien der Name seiner Agentin zusammen mit einem Bild, auf dem sie lachend in die Kamera geschaut hatte. Alex bekam von ihr die Daten für die Vertragsunterzeichnung, was er aber erst nach der ausgedehnten Dusche erfuhr.

Die Agentin

Am nächsten Tag gegen späten Nachmittag
trafen Ben und Alex dann im Büro des SWR
wieder aufeinander. Ben war schon am Vortag,
als er die Nachricht abends in seinen Mails
vorfand total aus dem Häuschen und konnte
nicht glauben, was er gerade las. Hätte ihm die
Dame keine Mail geschrieben hätte er wohl
nicht erfahren, dass er genommen wurde, denn
auf dem AB leuchteten ihm abends zwei rote
Nullen entgegen, als er nach Hause gekommen
war. Seine Mutter hatte die Nachricht gelöscht,
obwohl sie wusste, dass es eigentlich nichts
brachte, denn wie die Dame schon
angekündigt hatte, wurde auch eine Mail an
Ben versendet. Und auch wenn sie von
Technik keine Ahnung hatte, wusste sie doch,
dass auch das Ziehen des Computersteckers
nichts brachte. Ben war an diesem Tag so
aufgeregt und nervös, dass er bereits ein-
einhalb Stunden vor dem Termin im Büro des
SWR saß.

Kurz vor knapp kam dann auch Alex wie ein
Wirbelwind hereingestürmt. Als die beiden
sich dann anschauten, bekam jeder von ihnen
erst einmal große Augen: Ben, weil dieser

arrogante Schnösel ihm seine Stimme geben sollte und Alex, weil dieser „Spasti" die Rolle bekommen hatte.

„Was? DER hat die Rolle bekommen?", platzte es aus Alex heraus, der sich dann erst einmal fast fassungslos mit der Hand über die Stirn und dann durch sein glänzendes schwarzes Haar strich.

„Ich fass´ es nicht, dass dieser Spasti die Rolle bekommen hat!", regte er sich auf.

Ben stand auf und begann wie wild zu gestikulieren.

„Wow, wow, wow, Kleiner. Ganz ruhig."

In diesem Moment betrat die Agentin von Alex den Raum und ging gleich zwischen die beiden und brüllte mit einer energischen Stimme:

„Schluss jetzt! Das ist ja nicht zum Aushalten!"

Als die beiden Herren dann Platz genommen hatten, wandte sie sich Alex zu.

„Kein Wunder, dass es mit dir bergab geht."

„Was soll denn das schon wieder heißen? Es lief doch immer gut zwischen uns!"

„Du hattest deine Chance!"

Nach diesem Satz, der immer noch auf Alex wirkte, betraten dann auch die Damen und Herren der Produktionsfirma das Zimmer, um die beiden Herren zu ihren Rollen zu beglückwünschen.

„Ah, da sind ja die beiden Herren. Herzlichen Glückwunsch. Wir freuen uns sehr, dass wir Sie beide für die Rolle bekommen konnten. Wir sind uns sicher, dass dieses Projekt ein Erfolg werden wird. Wenn es auch Neuland für uns ist.", sagte der Mann im schwarzen Anzug. Als Ben die Farbkombination von Hemd und Krawatte sah, mutmaßte er, dass der Herr wohl Single sei oder seine Frau ihm wohl nicht die Kleider aussuchte und hinlegte oder ihn gar noch einmal anschaute, wenn er das Haus verließ oder aber sie habe ebenfalls einen solchen Modegeschmack, dies könnte natürlich auch sein, sinnierte er vor sich hin.

Seine Assistentin, verteilte derweilen an die beiden Männer jeweils eine Mappe, in der sich die Verträge befanden. Nach dem offiziellen Akt der Unterzeichnung löste sich diese kleine Zusammenkunft auch sehr schnell wieder auf. Und so schritt die Agentin in schnellen Schritten aus dem Raum, gefolgt von Alex, der ihr hinterher hechtete, bis er sie schließlich einholte.

„Hey, warte mal. Es tut mir leid. Kann ich dich vielleicht heute Abend zum Essen einladen?", sagte er, während er sie fast schon erreicht hatte.

„Leider nein, denn ich habe heute Abend bereits ein Geschäftsessen."

„Und vielleicht davor? … oder danach? … Wir könnten uns doch auch vorher treffen und dort einfach was Trinken gehen. Ganz wie in alten Zeiten."

„Wie in alten Zeiten bedeutet dann saufen, versuchen mich aufzureisen und dabei den anderen Weibern hinterher schauen?"

„Ach komm schon. Das war ein Mal! Los."

Alex versuchte seinen Dackelblick aufzusetzen, um der Agentin doch noch ein „Ja" zu entlocken.

„Vergiss es, ich werde heute Abend nicht mit dir ausgehen, sondern ein schönes Essen im Restaurant *La Gran Diva* genießen!"

Nach dieser Abfuhr, die sie Alex gerade erteilt hatte, drehte sie sich herum und ließ ihn auf dem Gang stehen. Als sie ein paar Schritte gegangen war, verabschiedet sie sich noch von ihm:

„Mach´s gut!"

„Du mich auch!", hallten seine Worte ihr hinterher.

Mit leichten Schritten schritt die Agentin weiter davon und hob ohne sich umzudrehen eine Hand und winkte Alex, ehe sie um die nächste Ecke bog und verschwand. Aber so leicht würde sich Alex nicht geschlagen geben und so legte er sich schon einen Plan zurecht, wie er doch noch zu dem kleinen Stelldichein mit der Agentin kam – und zwar an diesem Abend.

Alex lief an den großen Scheiben des *La Gran Diva* vorbei und spähte ins Innere, ob er die Agentin erblickte, bis er sie schließlich an einem Tisch sitzen sah. Sie wiederum hatte ihn noch nicht wahrgenommen, als er von außen hereinschaute. Zielstrebig machte sich Alex nun auf den Weg, die Chance am Schopf zu packen und lief in Richtung Eingang und dann weiter auf den Tisch zu, an dem sein Opfer zu warten schien.

„Guten Abend, die Dame. Heute empfehlen wir…", begann er die Agentin von der Seite zu begrüßen.

Mit einem Ruck drehte sich die Agentin herum und blickte Alex an. Sie hatte seine Stimme sofort erkannt, auch bevor sie sich zu ihm gewandt hatte. Ihre Begrüßung hingegen fiel nicht ganz so elegant aus.

„Du? Sag mal, spinnst du? Ich habe ein Geschäftsessen! Mach und verschwinde!"

„Wo sind nur deine guten Manieren? Und vor allem, wo ist denn deine Verabredung?" foppte er sie.

Ohne auch nur daran zu denken, auf dem Absatz kehrt zu machen, setzte er sich auf den freien Platz ihr gegenüber.

„Auf dem Klo, vielleicht?", blickte sie ihn fragend an.

„Pisser!"

Und nur einen Augenblick später, kam Ben vom WC zurück und stand leicht hinter Alex. Als dieser Ben bemerkte war er erschrocken und stand fluchend auf.

„Das ist dein Date? Du hast ein Geschäftsessen mit diesem Spasti, der mir die Rolle weggeschnappt hat?", sagte er und in seinem Blick erkannte sie eine gewisse Art von Fassungslosigkeit.

„Ja, das habe ich. Und im Gegensatz zu dir ist er nicht so ein arrogantes Arschloch!"

Als die Agentin den Satz mit dem arroganten Arschloch gesagt hatte, musste Ben leicht schmunzeln. Das war für Alex zu viel und er war gerade im Begriff eine Diskussion anzufangen, doch dann drehte er sich herum und verließ einfach das Lokal. Und als Alex unter der Tür stand und die Glastür aufriss, um hinaus zu gehen, da nahm Ben Platz und widmete sich der Frau auf der anderen Seite des kleinen Tisches. Um sie Situation gleich zu entschärfen und keine falschen Gerüchte aufkommen zu lassen ergriff die Agentin gleich das Wort und meinte lächelnd und im Spaß zu Ben:

„Sie sind der perfekte Mann."

Ben gestikulierte fragend ein „Ich?"

„Ja. Sie sehen gut aus und sind darüber hinaus ein guter Zuhörer."

Ben lächelte zurück und trank einen Schluck Wasser. Dann griff auch die Agentin zu ihrem Glas und nippte am Rotwein.

„Alex hätte den Job bitter nötig. Ich kenne Alex schon lange. Naja, ein Weilchen. Ein paar Jahre."

„Nun ja. Sehr lange eben.", fügte sie dann noch hinzu.

„Zu lange - und zu gut."

„Hätte ich ihn damals so gut kennen gelernt, wie ich ihn jetzt kenne, dann hätte ich mich erst gar nicht auf ihn eingelassen. Naja, so ist das im Leben. Hin und wieder gerät man einfach auch mal an die Falschen."

Ben war in der Tat auch ein guter Zuhörer und so lauschte er der Agentin Wort für Wort. Zwischendurch nippte sie erneut an ihrem Glas Rotwein und nahm ein weiteres Schlückchen.

„Alex müsste sich schon um 180 Grad drehen, bevor wir da den nächsten Schritt machen, geschweige denn dort weitermachen, wo wir aufgehört haben."

Ben lächelte und zuckte kurz mit den Schultern. Dann kramte er aus seiner Jackentasche einen kleinen Block heraus und schrieb etwas darauf. Anschließend hielt er ihn der Agentin zum Lesen hin.

„Ja. Wohl wahr. Dann waren Sie ein Paar?", stand da in einer sehr leserlichen Schrift.

„Wenn man diese Beziehung als „Paar" bezeichnen kann, dann ja. Andernfalls würde ich es als Fehltritt bezeichnen."

Von der Seite eilte dann eine junge Dame heran, bekleidet mit einer langen schwarzen Schürze, die beiden Teller mit dem Hauptgericht in der Hand. Ben hatte sich den Serviettenknödel mit Gulasch an einer Espressosoße mit Trockenfrüchten bestellt. Die Agentin hielt es heute eher vegetarisch und hatte Pasta mit Erbsen in einer Wodka-Sahne-Soße.

„Guten Appetit.", sagte die Agentin an Ben gewandt, als sie zum Besteck griff und sich über die dampfende Mahlzeit hermachte.

Ben erwiderte dies mit einer gebärden-sprachlichen Geste, ehe auch er zum Besteck griff, um sich die köstlich duftende Leckerei einzuverleiben.

Als die beiden anfingen zu essen, drehte sich Alex um, der in einiger Entfernung das Treiben im Innern des Restaurants aus der Ferne noch ein wenig beobachtet hatte.

Drehtage

Der erste Tag war für Ben spannend, selbst wenn er Drehpause hatte. Er beobachtete alles und jeden und sog die Luft am Set auf, wie andere die Meeresbrise am weißen Sandstrand Tausende Kilometer entfernt von der Heimat.

Am Abend, als er nach Hause kam, war zwar der Tisch gedeckt und Essen stand im Kühlschrank zum Wärmen, aber etwas hatte sich verändert: seine Mutter. Sie konnte es immer noch nicht fassen, dass ihr Sohn so einen – wie sie es formulierte – Blödsinn machte und seinen Job gefährdete und seinen Urlaub damit vergeudete hier vor der Kamera herumzutanzen und sich womöglich noch zum Affen zu machen.

Am zweiten Tag allerdings verbrachte er eine seiner Pausen damit sich zu erholen, denn dem Regisseur gefiel die dreiundzwanzigste Szene nicht und so wurde diese mehr als zwölf Mal wiederholt bis sie endlich im Kasten war, was an Bens Nerven zehrte, denn er war nach der zweiten Aufnahme schon sehr zufrieden mit seiner Leistung und mit der der anderen Akteure.

Auch dieser Abend lief ähnlich ab, wie der vorherige. Das Essen für ihn stand im Kühlschrank und der Tisch in der Küche war gedeckt. Zumindest sah er seine Mutter heute noch, da sie im Wohnzimmer auf der Couch lag und schlief. Zwischen ihr und der flimmernden Mattscheibe stand auf dem kleinen Tisch eine Flasche mit Hoch-prozentigem und ihr Glas, das noch halb voll war. Er ließ sie friedlich Schlummern, machte sich derweil sein Essen warm und verzog sich in sein Zimmer.

Am dritten Drehtag war die Luft bei ihm draußen: Er ließ die anderen ihre Szenen drehen und wartete bis er gerufen wurde. Am Imbissstand langweilte er sich ebenfalls, denn großartige Unterhaltungen konnte er hier leider nicht führen. Und dass er hier seinen Block zückte und in den freien Minuten zwischen den Szenen auch noch wie ein wilder schrieb und schrieb – nein, danke. Und so zogen sich die Pausen dahin. Anfangs hatte er immer noch in regelmäßigen Abständen auf seine Uhr geschaut, aber dies hatte er nun auch schon vernachlässigt. Und nach der letzten Umkleideaktion hatte er dann schließlich seine Uhr gleich ausgezogen und in der Garderobe gelassen. Die Worte seiner Mutter gingen ihm urplötzlich durch den Kopf, dass jemand wie er an so einem Platz nichts zu suchen habe. Wollte er vielleicht einfach die Wahrheit nicht wahr haben? Aber dann erlebte er an diesem Tag noch etwas, dass ihm die Röte ins Gesicht steigen ließ und ihm auch ein wenig peinlich war: als er sich für einen Szenenwechsel umziehen musste und die ganzen Damen von der Filmmannschaft an der Umkleide vorbeistürmten, während er gerade nur in Boxershorts bekleidet da stand. Eine der Damen blieb sogar stehen und pfiff, als würde sie ihm hinterher pfeifen wollen. Das schmeichelte ihm zwar, aber peinlich war es ihm trotzdem. Naja, wenn er irgendwann einmal ein großer Star werden würde, dann hätte er seine eigene Garderobe. Oder gehörte dies womöglich einfach zum Showbiz dazu? Nach diesem Tag hatte er dann einige der Crew-Mitglieder „gefressen". Sie meinten ihn wohl herum kommandieren zu können. Weil er sich verbal nicht wehren konnte und niemand in der Nähe war, der dies mitbekam oder waren dies ein paar Spielchen, durch die man als Neuling im Filmgeschäft einfach mal durch musste, so wie der Azubi auch mal hier und dort zu Beginn seiner Ausbildung die

Feierabendschablone holen soll. Vielleicht würde er noch dahinter kommen.

Als er daheim die Tür aufschloss brannte auch wie die letzten Tage noch Licht in der Wohnung, obwohl er heute später nach Hause kam, als die beiden Tage davor. Er lief in die Küche und als er den Kühlschrank öffnete, stand darin sein Essen. Von seiner Mutter fehlte jede Spur. Nicht einmal ein Zettel lag auf dem Küchentisch oder im Esszimmer. Ob sie wohl schon zu Bett gegangen war, ging es ihm durch den Kopf. Doch dann hörte er Geräusche, die aus dem Bad kamen und wenige Augenblicke später betrat auch seine Mutter nun die Küche.

„Schön dich auch mal wieder zu sehen.", begrüßte sie ihn. „Ich mache dir das Essen warm oder hast du überhaupt Hunger?", fügte sie an, noch ehe Ben zu einer Antwort oder Begrüßung ansetzen konnte.

Ben antwortete wie üblich, wenn er nach Hause kam und von seiner Mutter gefragt wurde, wie denn der Tag gelaufen sei, mit einer „so-la-la"-Geste, die aber eher zu einem gut tendierte. Er konnte sich nämlich erahnen, was passieren würde, wenn er seiner Mutter erzählen würde, dass es teilweise schon langweilig am Set zugehen kann und man ihn heute auch ein wenig herumkommandiert habe. Aber auf diese Predigt hatte er um diese Zeit keinen Bock. Er war froh und freute sich, dass er seine Mutter nach den letzten Drehtagen wieder einmal sah und sie gemeinsam ein paar Worte wechselten. Aber es blieb auch bei ein paar Worten. Seine Mutter stellte ihm das Essen in die Mikrowelle und nach dem „Bing" holte sie den Teller heraus und stellte ihn Ben auf den Tisch. Dann verschwand sie ins Schlafzimmer und Ben aß alleine.

Der letzte Tag

Den ganzen Tag über war es grau in grau und hier und da ging ein leichter Nieselregen herunter. Für die Crew nur gut, da heute sowieso ausschließlich Innenaufnahmen gedreht wurden.

„Kamera?"

„Läuft."

„Ton?"

„Läuft."

„Szene 47, die Dritte."

Dann drückte die junge Frau auf das Knöpfchen des Displays und die roten Digitalziffern begannen abermals zu rennen.

„Und bitte!", rief der Regisseur und mit einem Mal war es Mucksmäuschen still.

Ben kam in dieser Szene in ein Bürozimmer reingestürmt, total außer Atem und rannte zu dem Schreibtisch, um in den Schubladen etwas zu suchen. Mit einem kleinen USB-Stick, den er kurz vor sich in der Hand hielt, so dass die Kamera dieses Bild auch auffangen konnte, verließ er eben so rasch auch wieder das Büro.

„Danke!", rief der Regisseur, der die Szene über den kleinen Monitor mit verfolgt hatte. „So, meine Damen und Herren, das war´s. Wir haben nun alles im Kasten.", verkündete er.

Die Crew fing an zu klatschen und als sich der Lärmpegel etwas gelegt hatte, bedankte sich der Regisseur bei allen. Jetzt ging das gesamte Material in die Post-Produktion zum Schnitt. Hier würde nun auch Alex´s Job beginnen – Ben zu synchronisieren und ihm eine Stimme zu verleihen. Dann begann die große Aufräumaktion am Set. Alle halfen mit, das Equipment zu den Autos und zum Transporter zu tragen – selbst Ben packte mit an, was einige der Crew-Mitglieder wohl überraschte. Und nachdem alles verstaut war, stieg die komplette Mannschaft in die Fahrzeuge.

„Hey, Sylvia, ich fahr zurück und nehme Ben gleich mit.", brüllte der Assistent des Kameramanns über den Parkplatz.

„Na dann, bis morgen, Steve.", rief ihm die junge Dame mit dem Pferdeschwanz zurück, die gerade den Kofferraumdeckel ihres Wagens nach unten drückte.

In Baden-Baden angekommen, fuhren Ben und sein „Chauffeur" auf das Areal des SWR. Steve fuhr bis kurz vor eines der größeren Gebäude und brachte den Wagen schließlich zum Stehen. Ben verabschiedete sich und zu seiner Verwunderung winkte ihm Steve zum Abschied zurück, was Ben ein bisschen warm ums Herz werden ließ. Und kaum dass Ben aus dem Auto ausgestiegen war, da erblickte er Alex ein paar Reihen weiter. Zielstrebig lief Ben durch die parkenden Autos auf seinen Stimmgeber zu. Doch als dieser Ben erblickte, beschleunigte er seine Schritte und kramte in seinen Taschen wie wild nach dem Autoschlüssel, den Ben war jetzt der Letzte, mit dem er sich „unterhalten" wollte. Und sein Plan schien auch aufzugehen – fast jedenfalls. Und so hatte Alex seinen Wagen schon gestartet und fuhr rückwärts aus der Parklücke heraus und just in dem Moment, in dem er den ersten Gang eingelegt hatte und anfahren wollte, stand Ben vor seinem Auto und blockierte den Weg. Alex dachte, dass Ben zur

Seite ging, wenn er auf ihn zu fuhr, doch als der Wagen etwa einen Meter nach vorn rollte, stand Ben immer noch stocksteif auf dem Weg und blickte Alex durch die verdreckte Windschutzscheibe in die Augen. Schließlich drückte Alex auf die Bremse und fluchte im Innern laut vor sich hin. Als er nach links aus dem Fenster blickte, sah er einen Mann, der die beiden beobachtete. Mit einem aufgesetzten Lächeln grüßte Alex den Unbekannten. Diesen Augenblick nutzte Ben, um zur Beifahrerseite zu laufen, die Tür zu öffnen und einzusteigen.

„Fuck, was wird dass denn jetzt?", sagte Alex entnervt zu seinem Beifahrer.

Ben kramte seinen Block heraus und begann zu schreiben. Anschließend zeigte er Alex den Zettel.

„Agentin hat mir eure Geschichte erzählt. Du bist ein Vollidiot, …"

„Ich geb´ dir gleich Vollidiot!", platzte es aus Alex heraus.

Ben blätterte das Blatt um und hielt Alex die zweite Seite des kleinen Blocks hin.

„…wenn du sie gehen lässt!"

Dann gestikulierte Ben: „Aber auch so!", was Alex natürlich nicht verstand. Und so begann Ben weiter zu schreiben und Alex versuchte Wort für Wort mitzulesen, was Ben da herumkritzelte.

„Aber auf der anderen Seite hat sie was Besseres verdient als dich. Sie sagte, du müsstest schon eine 180 Gradwendung machen!"

„Super, meine Ex erzählt jedem dahergelaufenen von unserer Beziehung.", kommentierte er Ben´s geschriebene Worte.

Wieder kritzelte Ben etwas auf seinen Block.

„Beziehung?", und zog dabei fragend die Augenbrauen nach oben.

Ben schüttelt eindeutig den Kopf zu einem „NEIN" und deutet dabei auf den Zettel, auf dem Wort „Beziehung" stand. Dann schrieb er weiter.

„Fehltritt!"

„Jetzt reicht´s. Raus hier! Aber schnell! Sonst verpasse ich dir gleich einen Tritt, aber der sitzt dann!"

Alex macht eine drohende Gebärde, die selbst Ben verstand auch wenn er die Worte nicht gehört hätte, die er ihm entgegengeworfen hatte. Dann suchte Ben schnell den Türöffner und machte die Autotür auf. Nachdem er draußen war, schmiss er die Autotür mit einem lauten Knall zu. Mit quietschenden Reifen setzte sich Alex´s Wagen in Bewegung. Ben blickte ihm noch hinterher, bis er schließlich vom Parkplatz gefahren und verschwunden war.

Es war bereits Nacht, als Alex seine Wohnungstür aufschloss. Nach und nach gingen die Lichter in seiner Wohnung an – vorausgesetzt, er fand die Schalter, denn er hatte wohl unterwegs schon den ein oder anderen gehoben und so war sein Alkoholpegel sichtlich über Null. Endlich im

Wohnzimmer angekommen, holte er sich die erstbeste Flasche an Alkoholika aus der Hausbar und ließ sich auf seine Couch fallen. Dann setzte er die Flasche an und nahm den ersten kräftigen Schluck. Nachdenklich – und betrunken – starrte er auf das Bild, das auf dem unteren Teil seiner Wohnzimmerwand - ihm gegenüber - stand. Darauf zu sehen waren die Agentin und er. Er nahm einen weiteren Schluck und innerlich kamen ihm wieder die unausgesprochenen Worte von Ben in den Sinn, die er ihm heute Mittag auf dem Parkplatz an den Kopf geworfen hatte.

„Verfluchte Scheiße."

„Dieser kleine „Wixxer" sagt mir etwas über meine Beziehungen."

„Ach Scheiße!"

Alex nahm einen weiteren Schluck und schmiss die leere Flasche weg, die klirrend zersprang und in unzähligen Scherben auf dem Boden lag. Er ließ sich erschöpft nach hinten fallen und legte den Kopf in den Nacken. Nach einem kurzen Moment rappelt er sich auf, knickte ein und beim Versuch aufzustehen, griff er in eine der Scherbe. Er blutete.

„Scheiße!"

Mit blutender Hand ging er Richtung Bad und hinterließ eine rote Spur auf dem hellbraunen Laminatboden. Aus dem Badezimmer hörte man ebenfalls einen Fluch nach dem anderen und ein Schimpfwort jagte das nächste. Dann endlich kehrte Alex ins Wohnzimmer zurück, seine Hand mit einem Handtuch verbunden. Zur weiteren Behandlung seiner Wunde holte er sich die nächste Flasche aus der Hausbar und setzte sich wieder auf die Couch. Nach und nach drückte es ihm die Augenlider zu, doch Alex kämpfte die erste Runde tapfer gegen die Müdigkeit an. In der Pause nahm er einen weiteren Schluck, ehe ihn der Schlaf in Runde zwei mit einem k.o. außer Gefecht setzte.

Blick in den Spiegel

Am nächsten Morgen wachte Alex mit einem Brummschädel auf. Sein Blick glitt hinunter zu seiner Hand, die immer noch in ein Handtuch eingewickelt war. Und so erhob er sich leise fluchend, mit hämmerndem Kopf und machte sich auf ins Badezimmer. Vorsichtig wickelte er das Handtuch ab und blickte auf die Schnittwunde. Als er den Kopf hob, blickte er in den Spiegel und erkannte ein ihm bekanntes aber gleichzeitig auch fremdes Gesicht. Ein erneuter Blick wanderte hinab und blieb auf seiner verletzten Hand ruhen. In seinem Schädel begann es zu rattern, auch wenn ihm dies durch die Kopfschmerzen wohl noch schwerer fiel, als sonst. Fakt war, er musste etwas in seinem Leben ändern oder vielmehr, er musste sich ändern. Am besten sollte er vielleicht gleich heute damit anfangen.

In der Küche lief Alex wenig später auf und ab, das Telefon am Ohr. Der Person am anderen Ende der Leitung gab er eine Adresse durch.

„Ja, schicken Sie die Blumen dorthin."

„Ja, bitte gleich heute morgen."

„Ich weiß, dass es extra kostet. Aber es ist wichtig."

„Text? - Ja. ‚Ich war ein Vollidiot … nein … Arschloch. Es tut mir leid.'"

„Danke."

Dann legte er auf und machte sich auf zum Gehen. Er trank noch rasch den letzten Schluck Kaffee und schnappte sich dann die Jacke, die über der Stuhllehne hing. Auf dem Weg durch die Diele in Richtung Tür griff er noch eben nach dem Schlüsselbund, der auf der kleinen Anrichte lag. Und mit einem Ruck zog er auch schon die Tür von außen zu.

Beim Sender angekommen, lief er in den unendlichen Fluren Ben über den Weg, mit dem er eigentlich nicht gerechnet hatte, denn die Szenen waren ja alle bereits im Kasten und somit die Drehtage vorbei.

„Guten Morgen Ben. Wie geht es dir heute?"

Ben schaute Alex skeptisch an und blickte sich dann um, ob Alex vielleicht jemand anderen meinte. Doch er sah sonst niemanden weit und breit.

„Hey Kumpel, schon gut. Ja, ich habe dich gemeint.", sagte Alex und gab Ben mit seiner unverletzten Hand einen kumpelhaften Boxerschlag gegen seine Schulter.

Ben gestikulierte sehr skeptisch, dass es ihm gut gehe. Und als Alex seine Hand auf Ben´s Schulter legen wollte, zuckte Ben zusammen, da er dachte, Alex wolle als nächstes vielleicht doch noch handgreiflich werden.

„Hey Kumpel, was haltest du davon, wenn wir heute Abend einen draufmachen und unsere kleinen Streitigkeiten vergessen. Lass uns das Kriegsbeil begraben."

Ben blickte abermals skeptisch zu Alex. Wobei er im Grunde genommen seinen Blick gar nicht verändert hatte, seit er Alex heute begegnet war. Dann kramte er aus seiner Tasche seinen kleinen Block heraus und fing an zu schreiben.

„Du machst mich wahnsinnig mit deiner Schreiberei.", kam es Alex über die Lippen, der leicht genervt zur Decke blickte.

Ben schaute ihn entrüstet und entsetzt fragend an.

„Schon gut. War nur ein Spaß. Ich mag es doch, wenn du schreibst."

Ben hielt Alex den Zettel hin:

„Also gut. Aber du gehst mit mir etwas trinken! Heute Abend, 20 Uhr. Location per SMS."

„Also gut mein „stummer" Freund. Ich bin dabei. Dann bis heute Abend." Bei „stummer Freund" hatte ich Alex ein wenig zu Ben nach vorne gebeugt, worauf Ben sich nach hinten beugte, um auszuweichen.

Alex zwinkerte Ben zu, schnalzte dabei mit der Zunge und lief dann weiter. Ben blickte Alex noch eine Weile nach und lief dann kopfschüttelnd seines Weges.

Abends erwartete Ben Alex bereits vor einer Kneipe, die aufgemacht war, wie ein Westernsalon. Als Alex auf ihn zukam, begrüßte er Ben auf´s Herzlichste.

„Hallo mein Freund. Hier willst du also einen draufmachen? Nun, gut, dann lass uns mal reingehen. Lassen wir es krachen!"

Und so gingen die beiden auf die Holztür zu und verschwanden im Inneren der Kneipe. Ben ging voran und lief auf eine Ecke der Bartheke zu. Dort stand bereits eine kleine Gruppe von Personen. Ben stellte Alex in Gebärdensprache seinen Begleitern des Abends vor. Alle unterhielten sich in Gebärdensprache. Als sie Alex dann sahen und näher betrachteten, fingen sie wie wild an zu gestikulieren und sich in Gebärdensprache zu unterhalten.

„Sag mal, was soll denn das? Das findet Ihr wohl komisch, was?"

Und so machte Alex auf dem Absatz kehrt, drehte sich um und ging.

Draußen, auf dem Hof, kam Ben hinter Alex her gerannt. Er packt Alex am Arm, um ihn aufzuhalten. Abrupt blieb Alex stehen und drehte sich verärgert und aufgebracht um.

„Du wolltest mich doch nur schikanieren vor deinen Kumpels, oder? Ist das so was wie eine Retourkutsche, oder was?"

Ben schüttelt den Kopf. Nach einem kleinen Moment zog er seufzend die Schulter noch und deutete zu Alex: na gut, ein bisschen, indem er Daumen und Zeigefinger nicht ganz zusammenpresste.

„Ach, lass mich doch in Ruhe!"

Alex wollte gerade loslaufen, als Ben ihn erneut am Arm packte. Alex war in diesem Moment versucht mit Ben eine Schlägerei anzufangen – und zwar hier und jetzt. Das hier war privat und nicht geschäftlich, dachte Alex, doch dann kam eine junge Dame aus Ben´s Clique aus der Kneipe und wollte wissen, ob alles in Ordnung sei. Ben und die junge Dame „unterhielten sich". Alex schaute dem Spiel der Hände missmutig zu, da er ja nicht verstand, über was sie sich unterhielten, aber er konnte sich denken, dass es um ihn ging. Dann machte sich die Frau wieder auf und ging zu den anderen zurück. Ben winkte Alex noch einmal zu, doch mitzukommen. Für einen Moment blickte Alex in Ben´s Gesicht, doch dann folgte er ihm mürrisch.

„Dafür geht die nächste Runde auf dich! Ist das klar?", sagte Alex, als die beiden über das alte Kopfsteinpflaster des Innenhofs liefen.

Ben nickte zustimmend.

Der Abend brachte dann doch noch eine Lektion für Alex, denn beim zweiten Betreten des Lokals empfingen ihn die anderen aus Ben´s Clique sehr herzlich und nach dem ersten Bier versuchte die junge Dame, die kurz zuvor im Hof nach dem Rechten gesehen hatte sogar Alex ein paar Zeichen der Gebärdensprache beizubringen. Und nach dem zweiten Bier wurde es immer lustiger. Nach der dritten Runde begannen die Kumpels von Ben sich nach und nach zu verabschieden. Und auch die junge Dame sagte dann irgendwann „Tschüss". Erfreulicherweise konnte Alex ihre Worte in Gebärdensprache wiederholen. Fragte sich nur, wie viele Bierchen dies noch anhielt. Am Ende saßen Alex und Ben dann noch alleine an der Bar. Als Ben dann seinen Block zückte, lächelte Alex nur noch.

„Dreharbeiten sind rum. Das war´s dann wohl…"

„Ja, mein Freund, das war´s dann wohl – bis zur Premiere!", fügte Alex hinzu und legte Ben seinen Arm um die Schulter.

Ben wusste nicht, was jetzt als nächstes kam. Machte Alex wieder einen seiner Späße oder schwenkte er auf einmal um und schlug ihn womöglich am letzten Tag noch k.o.? Aber dann verabschiedete sich Alex mit einem kräftigen Handschlag und einem Bierchen zuviel und knallte einen fünfzig Euroschein auf den Tresen, ehe er durch die Tür verschwand. Ben kramte ebenfalls seinen Geldbeutel aus der Hosentasche und wollte zahlen, doch der stämmige Mann hinter dem Tresen sagte ihm, dass das schon passe, als er den Geldschein von Alex kassierte. Und so packte Ben seine sieben Sachen und sprang nach draußen. Doch als er über den Hof und durch das Hoftor kam, da sah er nur noch zwei rote Lichter davonfahren. Alex war weg.

Erinnerungen an letzte Nacht

Am nächsten Morgen kam Alex ziemlich verschlafen im Studio an. Seine Stimme war noch etwas verkatert und klang noch ein bisschen heiser oder besser gesagt kratzig. Jetzt musste er erst einmal zu einem nicht so angenehmen Hausmittelchen greifen, um seine Stimme wieder auf Vordermann zu bringen, denn in diesem Zustand konnte er unmöglich synchronisieren, sonst würde der Zuschauer denken, dass Ben sich mitten in der Szene eine Erkältung eingefangen hatte und unter starken Halsschmerzen litt, die seine Stimme lahm legten. Also ging er in die kleine Teeküche am Ende des Gangs und machte sich heißes Wasser für eine Tasse Tee. Während der Wasserkocher seinen Beitrag zu dieser Rettungsaktion leistete, durchsuchte er die Schubladen nach Tee. Er wusste, dass er hier irgendwo Salbeitee gab. Den Honig hatte er schon gefunden. Und nach einigen Minuten, in denen er die Schranktüren aufgerissen und missmutig hineingeblickt hatte, wurde er schließlich fündig. Es klebte zwar ein Zettel auf der Packung mit einem Namen – der ihm allerdings nichts sagte – und dem Vermerk „Privateigentum" – was ihn aber heute nicht kümmerte, da es sich um einen Notfall handelte. In einer Hand die Tasse Salbeitee mit Honig und in der anderen eine Tasse Kaffee aus dem Automaten konnte es dann losgehen: Koffein zum Wachwerden und Tee mit Honig für die Stimme.

Beim Synchronisieren hatte Alex immer wieder einige „Aussetzer". Meist in den Szenen, in denen Ben im Film zu sehen war und Alex erkannte, mit welcher Inbrunst und Freude Ben seine Rolle spielte, kamen ihm immer wieder Flashbacks an den vergangenen Abend und holten die Gedanken an die gestrigen Ereignisse hervor.

Der kleine Disput vor der Kneipe.

Die junge Dame, mit der er – Alex - sich so „angeregt" unterhalten hatte.

Wie er mit Ben das letzte Bierchen getrunken hatte.

Und wie, wenn mit einem Schlag das Koffein seine Wirkung entfaltet hätte, überkam es Alex und in seiner Stimme klang jetzt die Begeisterung, die Ben auf der Leinwand darstellte und verkörperte. Er selbst kam sich in diesem Moment fremd vor, aber ein Funken der Inbrunst, die er bei Ben erlebt hatte, schien gerade auf ihn übergesprungen zu sein. War es das, was ihm fehlte? Auf der anderen Seite wollte er die Situation auch nicht wahrhaben, dass Ben ihm quasi die Augen geöffnet hat. Nein, das wollte er einfach nicht glauben. Aber seine Leidenschaft, die er an den Tag legte und mit der er Ben seine Stimme lieh, war für ihn ein Erlebnis.

Premiere

Die Premiere fand im Karlsruher Traditions-
kino „Schauburg" statt, welches schon Preise
für sein Filmprogramm gewann und wo auch
seit etlichen Jahren das Filmfestival für
unabhängige Filme – die Independent Days –
stattfanden. Auch zahlreiche Aufführungen
mit Anwesenheit der jeweiligen Film-
schaffenden füllten hier den großen Saal, in
welchem auch am heutigen Abend die
Premiere stattfand, in der Ben mitspielte.
Neben der Filmcrew und Vertretern der
Produktionsfirma war auch die lokale und
regionale Presse anwesend. Doch Alex hatte
man an diesem Abend noch nicht gesehen.

Bis auf wenige Plätze in den ersten Reihen war
der große Saal gefüllt, als die Lampen an den
Seiten das Licht dimmten und der große rote
Samtvorhang sich öffnete. Schlagartig ging
das Gerede in Getuschel über und schließlich
war es still.

Nach 97 Minuten setzte der Abspann ein. Als
die Lampen langsam wieder angingen und den
Saal erhellten, klatschten alle Anwesenden.
Während der folgenden Standingovations

begaben sich ein Mann im Anzug und eine Dame – im schwarzen Kleid - nach vorn, vor die große Leinwand, die dann in der Mitte Aufstellung nahmen, dem begeisterten Jubel des Publikums lauschten und warteten bis der Vorhang hinter ihnen geschlossen war.

„Guten Abend, meine sehr geehrten Damen und Herren, es freut uns – meine charmante Co-Moderatorin und mich - Sie heute hier bei der Premiere in der „Schauburg" willkommen heißen zu dürfen. Ganz besonders begrüßen möchte ich die Macher des Films, die ich nun gerne zu uns nach vorne bitten darf."

Nach und nach erhoben sich dann hier und da Personen, die sich ihren Weg aus den Reihen bahnten und sich nach vorne begaben. Als sich die Riege vor dem roten Vorhang gefüllt hatte, überreichte der Moderator der Frau, die neben ihm stand ein Mikro.

„Auch von meiner Seite einen wunderschönen guten Abend und ein herzliches Dankeschön, dass die Premiere unseres Film heute hier stattfinden darf. Ich bin Regina von Weiden-Burg und Produzentin des Films. Für uns war die Produktion eine ganz besondere Herausforderung und es freut uns natürlich sehr, dass Ihnen liebes Publikum der Film so sehr gefallen hat.", endete sie ihre kleine Rede.

„Was stellte Sie denn vor diese Herausforderung?", fragte der Moderator nach.

„Nun, beim Casting hat uns der Hauptdarsteller begeistert und überzeugt. Das Problem war, die fehlende Stimme, denn der Darsteller – Ben - ist stumm. Daher haben wir die fehlende Stimme mit einem Synchronsprecher gelöst, der Ben eine charmante und charismatische Stimme geliehen hat.

Applaus setzte ein und hier und da konnte man in verwunderte Gesichter blicken, bei denen, die dies noch nicht wussten.

„Ben, würdest du auch bitte nach vorne kommen?", forderte die Produzentin Ben auf, der noch im Publikum saß.

Wieder setzt Applaus ein und dieser hörte erst auf, nachdem Ben sich bei den Damen und

Herren eingereiht hatte und der Moderator versuchte wieder das Wort zu ergreifen.

„Ben, dieser besondere Applaus gilt Ihnen. Sie haben es geschafft, als – wenn ich das so sagen darf – stummer Held - dem Film das gewisse Etwas zu geben."

Ben drückt dem Moderator einen Zettel in die Hand, den dieser vorsichtig auffaltete und vorlas. Während der Moderator dann mit dem Mikro in der Hand da stand und las, erblickte Ben auf einmal Alex am seitlichen Rand sitzend in einer der hinteren Sitzreihen in der Nähe des von ihm aus gesehenen rechten Ausgangs.

„Ich danke, dass für mich mit dieser Rolle ein Traum in Erfüllung gegangen ist. Vielen Dank.", beendete der Moderator das kurze Leseintermezzo.

Ben winkte ins Publikum und alle schauten sich um, wen Ben meinen könnte. Ben deutet dem Moderator an, dass es seine Synchronstimme sei.

„Oh, dann bitte ich die Stimme von Ben auf die Bühne. Ich bitte um einen recht herzlichen Applaus für Alex Langenmayer."

Das Publikum applaudiert erneut und fast alle schauten sich um, wer sich wohl jetzt erhob und nach vorne lief.

Mit einer winkenden Hand lief Alex zu den anderen Personen, die bereits vor dem Vorhang standen. Als Alex dann kurz vor Ben stand begrüßte er ihn auf Gebärdensprache und Ben antwortete ihm und die beiden Männer fielen sich um den Arm, wie alte Kumpels. Dabei stand Ben so, dass er ins Publikum blicken konnte, wo in den vorderen Reihen auch die Agentin saß. Sie klatschte ebenfalls und blickte Ben verwundert an, der sie aber nur freudig anlächelte. Und nachdem der Applaus langsam verebbte griff die Produzentin abermals zum Mikro.

„Wir haben das nächste Projekt mit Ben auch bereits in Planung, denn es hat sehr viel Spaß gemacht, diesen Film zu drehen. Danke an die gesamt Crew und nochmals danke an Sie, liebes Publikum.

„Auf was dürfen wir uns denn als nächstes freuen?", wollte die Co-Moderation neugierig wissen.

„Wir werden Ben und seinen Kollegen Alex das nächste Mal als Ermittler-Duo vor die Kamera schicken."

„Dann bedanke ich mich recht herzlich und wünsche uns allen noch einen wundervollen Abend. Machen Sie's gut. Kommen Sie gut nach Hause. Auf Wiedersehen.", verabschiedete der Moderator die Kinobesucher.

Wieder folgte eine Welle des Applauses, bevor sich die Menschenmasse dann erhob und sich zum Ausgang begab, denn schließlich erwartete die Besucher draußen im Foyer noch ein Gläschen Sekt und ein paar Häppchen. Und hier galt bekannter Maßen, wer zu spät kommt, den bestraft das Leben – sprich die Platten sind leer geräumt.

Alex blieb noch vor dem roten Vorhang stehen und betrachtete die beiden Menschenströme, die sich rechts und links den Weg zur Tür bahnten. Die einzige Person, die noch auf den roten Kinosesseln saß, war die Agentin, die nach vorne blickte und Alex musterte. Dann setzte sich Alex in Bewegung. Aus der Reihe draußen kreuzten sich die Wege der beiden.

„Alex, ich glaube, du bist wieder im Rennen."

Die beiden umarmten sich und die Agentin gab ihm einen kleinen Kuss auf die Wange. Dann drehte sie sich um und ging ebenfalls in Richtung Ausgang. Auf halbem Weg blieb sie kurz stehen und drehte sich um.

„Worauf wartest du noch? Willst du hier übernachten?"

Alex folgte ihr ohne ein Wort, dafür mit einem Lächeln im Gesicht. Und als auch diese beiden den Saal verlassen hatten, ging das Licht aus.
Als Ben kurz vor Mitternacht nach Hause kam, war er verwundert, dass im Flur der Wohnung noch die beiden kleinen Lämpchen brannten, die auf der Anrichte und bei der Garderobe standen. Er ging in die Küche, denn von dort fiel Licht in den Gang. Vorsichtig drückte er die Tür auf und traute seinen Augen nicht: Auf dem Tisch stand ein kleiner Kuchen und

daneben stand seine Frühstückstasse und ein leerer Teller. Dann erst entdeckte er den farbigen Umschlag, der so halb unter der Serviette hervorblinzelte. Servietten?, ging es Ben noch durch den Kopf. Dann nahm er den Umschlag und öffnete ihn. Auf der Karte stand „Herzlichen Glückwunsch". Aber er hatte doch gar keinen Geburtstag. Und dann der Kuchen. War seine Mutter so verwirrt? Dann klappte er die Karte auf: „zu Deinem Film. Für meinen Jungen." Ben musste schlucken und schluchzen und es wäre ihm peinlich gewesen, wenn jemand in diesem Augenblick gesehen hätte, dass ihm Tränen in die Augen stiegen. Dann lief er ein paar Schritte zur Tür, die ins Wohn- und Esszimmer führte. Dort lag seine Mutter auf der Couch und schlief. Auf dem kleinen Tisch stand ihr Glas und daneben ein paar (leere) Flaschen. Er war gerührt. Mit einem Lächeln auf dem Gesicht blickte er noch einmal auf seine schlafende Mutter und machte sich dann auf, sich ebenfalls schlafen zu legen. Das Licht ließ er heute Nacht brennen.

Der Bär

Wer hätte das gedacht, dass Ben einmal mit dem Flieger nach Berlin reisen würde, um bei einem Filmfestival dabei zu sein. Und dann auch noch gemeinsam mit seiner Filmstimme – Alex. Alex sah das alles locker und relaxed, wie wenn er dies schon hundert Mal gemacht hätte. Ben hingegen saß im Flieger und war so was von aufgeregt, wobei er in diesem Moment nicht sagen konnte, ob es vom Fliegen kam oder von der Preisverleihung. Der Flug war am Flughafen FKB – Flughafen Karlsruhe Baden – oder besser bekannt unter „Baden Airpark" gestartet. Der Flieger der Low-Budget-Airline brachte die beiden Herren auf direktem Wege in die Bundeshauptstadt zum Flughafen BER – der endlich fertiggestellt war. Nach der Landung und der Gepäckausgabe liefen die beiden Männer durch die Sicherheitsschiebetüren in die große Halle, wo sie bereits das Wahrzeichen der Berlinale – der Bär – in Lebensgröße begrüßte. Ben wollte unbedingt ein Bild von sich mit diesem „Monster" und so drückte er Alex seinen Fotoapparat in die Hand. Anschließend brachte er sich in Pose, so dass man das Schild „Berlinale 2016" noch lesen konnte. Nach dem kurzen und sehr spontanen Fotoshooting ging es für Alex und Ben dann weiter zum Hotel, wo sie sich noch einmal frisch machen konnten, bevor es heute Abend über den roten Teppich ging. Ansonsten würden die zwei wohl wenig von Berlin sehen, denn sie waren schließlich beruflich hier und nicht zu einer Sightseeing-Tour. Und so saugte Ben die Eindrücke von Berlin in sich auf, die sich ihm während der Taxifahrt durch den Großstadt-dschungel vom Flughafen zum Hotel boten.

Der Film, in welchem Ben die Hauptrolle spielte und den Alex synchronisierte, war einer der nominierten Filme, die in diesem Jahr wieder um die begehrten Bären ins Rennen gegangen waren. Für Ben wäre ein solcher Grizzly nicht nur das Sahnehäubchen gewesen, nein, sondern die Belegkirsche auf der dicken, fetten Schwarzwälder, die seine Oma immer an ihrem Geburtstag machte. Von Null auf Hundert in einem Jahr. Das war ein Traum, von dem er hoffte, er würde noch ziemlich lange so weitergehen.

Nachdem der Moderator den Abend beschloss und alle nun zum gemütlichen Teil übergingen war Ben bewusst, dass er heute Nacht ohne einen „Teddy" schlafen gehen musste. Aber alleine nominiert gewesen zu sein war ja schon eine Leistung und erfüllte ihn mit Stolz. Hätte vor einem Jahr jemand zu ihm gesagt, dass er in Berlin im Rennen um einen der Bären wäre, dann hätte er denjenigen oder diejenige für verrückt erklärt, auch wenn er es sich gewünscht hätte.

Irgendwann kurz nach Mitternacht machte sich Ben dann auf den Weg ins Hotel. Alex hatte er aus den Augen verloren. Aber beide hatten vereinbart, dass jeder von ihnen den Weg zurück ins Hotel auf eigenen Weg machen würden müsste. Alex hatte dies damit begründet, dass er ja neue Kontakte knüpfen und alte Kontakte auffrischen musste und man ja nie wisse, wie lange so etwas dauern könne.

Nach einer kurzen Nacht

Es klopfte an die Tür von Zimmer 219 – Alex´s Zimmer – gefolgt von einer weiblichen Stimme, die ein genervtes und lustloses „Housekeeping" gegen die Zimmertür schmetterte und noch ehe sie das Wort ausgesprochen, bereits mit der Chipkarte die Tür geöffnet hatte. Sie lief über den gemusterten Teppichboden hinein. Dabei warf sie einen Blick ins Bad, an dem sie vorbeikam und dann hörte man den markerschütternden Schrei der Dame, als sie eine männliche Person auf dem Bett liegen sah. Halb angezogen, halb nackt lag der Körper auf dem zerwühlten Bett. Doch was sich ihr am meisten in den Kopf brannte, waren wohl die leblosen Augen, die sie unentwegt anstarrten. Eiskalt lief es ihr den Rücken hinunter. Sie hatte im Laufe der Jahre schon viel gesehen und erlebt, aber dass sie tatsächlich mal eine Leiche im Zimmer findet, dass hätte auch sie sich in ihren kühnsten Träumen nicht ausgemalt. So etwas gab es doch eigentlich nur im Fernsehen, hatte sie immer gedacht.

Neben Alex befand sich eine leere Alkoholflasche und dann noch auf dem

Nachttisch lag ein kleines Döschen. Erst als die Spurensicherung angerückt war und das Zimmer auf den Kopf stellte, fanden sie unter der Decke noch eine Spritze, doch komischerweise wies Alex´s Leiche keinen Einstich in den Armbeugen auf.

Als Ben Alex abholen wollte, da dieser nicht zum Frühstück erschienen war, bemerkte er schon den Tumult auf dem Gang. Den Schrei hatte er nicht gehört, denn sein Zimmer war im fünften Stock und Alex hatte man im dritten einquartiert. Darüber hinaus kam er gerade von unten, wo er sich erst einmal königlich gestärkt hatte. Es stürmte gleich ein Polizist auf Ben zu, als dieser in das Zimmer wollte. Doch da begannen auch schon die Kommunikationsschwierigkeiten. Wie wild suchte Ben nach etwas zum Schreiben und fand es schließlich auf dem Putzwagen, auf dem zuoberst die Blocks und Kugelschreiber lagen, die man im Hotelzimmer immer auf dem kleinen Schreibtisch findet. Seine Schrift war heute sehr von Hast und Eile geprägt, denn er wollte wissen was hier los sei, doch sein Gegenüber wollte erst seine Fragen beantwortet haben. Als Ben dem Beamten dann aufgeschrieben hatte, dass er mit Alex hier war, um an der gestrigen Preisverleihung teilzunehmen, da der Film mit ihm unter den Nominierung war, mochte sich der Polizist wohl vorgekommen sein, als hätte man ihn auf den Arm genommen. Doch zu Ben´s Glück, gab es auch filmbegeisterte Beamte, die ihm bestätigen konnten, dass im Programm ein Film dabei war, in dem der Hauptdarsteller stumm sei und synchronisiert wurde.

Schließlich wurde Ben durchgelassen und der Beamte, der sich auch im Berlinaleprogramm auskannte, klärte Ben auf. Ben war schockiert und wäre beinahe in sich zusammengesackt, als er Alex erblickte. Tränen schossen ihm in die Augen. Dann rannte er aus dem Zimmer und den Gang hinunter. Zwei der Beamten blickten sich an und schließlich folgte einer der beiden Ben, um nach dem Rechten zu sehen.

Abschied

Immer und immer wieder kamen Ben Bilder vor seinem inneren Auge in den Sinn, die ihn an die Arbeit mit Alex erinnerten. Sein Blick blieb stetig an dem Bild haften, welches neben dem Sarg stand und Ben als Strahlemann zeigte. Ben kam es fast so vor, als betrachte Alex von diesem Bild aus die Trauergemeinde, die sich hier versammelt hatte, um von ihm Abschied zu nehmen.

Auch wenn Alex sich hin und wieder wie ein Arschloch verhalten hatte... Aber er war es gewesen, der mir eine Stimme gab. Er hatte mich zum Leben erweckt durch seine Stimme. Und durch seinen Tod würde nun auch meine Stimme sterben und mit ihr ein Teil von mir.

In diesen Bahnen kreisten Ben´s Gedanken ununterbrochen umher, während er auf den Sarg starrte und die anderen Anwesenden der Beerdigung das nächste Lied sangen. Er blickte um sich und erkannte viele der Crew-Mitglieder wieder. Auch die Agentin war gekommen. Auf einmal überkam es Ben und er fühlte sich noch trauriger, als er es eh schon war, denn er hatte das Gefühl gehabt, als hätte sich Alex verändert, als würde er es noch schaffen, das Ruder in seinem Leben herumzureisen und für das zu kämpfen was er einst hatte und dann verlor aber für das es sich lohnte den Kampf wieder aufzunehmen – die Agentin.

Die Menschen, die sich hier in der Leichenhalle zur Beerdigung eingefunden hatten, folgten schweigend dem Sarg, der nun hinaus auf den Friedhof gebracht wurde. Die Agentin blieb an der Seite stehen und ließ die Menschentraube an sich vorbei passieren. Als Ben an ihr vorüber kam blieb er kurz stehen und blickte sie für einen Moment an.

„Die Obduktion hat ergeben, dass im Blut von Alex Drogen nachgewiesen wurden. Daher lautet die Todesursache Tod durch eine Überdosis.", endete sie die wenigen Worte, die sie herausbrachte, bevor sie erneut in Tränen ausbrach.

Ben wollte tröstend seinen Arm auf ihre Schulter legen, doch die Agentin versuchte sich ein Lächeln abzugewinnen und verschwand dann durch die Tür und verlor sich dann in der schwarzen Menschenmenge.

Ein neuer Weg

Das Leben von Ben musste weitergehen und da die Agentin ihm in Aussicht gestellt hatte einen weiteren Film in der Pipeline zu haben, in den sie ihn reinbringen konnte, wagte Ben einen Schritt, der ihn im Grunde wenig Überwindung gekostet hatte, aber dennoch gut überlegt sein sollte. Als er seiner Mutter gegenüber eröffnete, dass er jetzt in die Schauspielerei wechselte, flogen fast die Fetzen in der kleinen Küche der Mietshauswohnung. Aber in solchen Situationen zog Ben es dann meist vor, sich zurückzuziehen, sich in seinem Zimmer vor den Computer zu setzen und in den unendlichen Weiten des Internets zu surfen, irgendwelche Spielchen zu spielen oder seine Tasche zu packen, um sich beim Sport auszupowern. Heute tat er wieder Letzteres.

Am nächsten Tag, gegen späten Nachmittag, sollte Ben wieder beim Sender erscheinen, denn das neue Projekt ließ schon auf sich warten. Am Premierentag in der Schauburg hatte man also nicht zuviel versprochen. Auf dem Weg nach Baden-Baden grübelte er fast die ganze Zeit darüber nach, was an diesem

Abend noch gesprochen wurde: Er und Alex sollten ein Ermittlerduo werden, doch Alex war in der Zwischenzeit verstorben. Wer sollte also nun an Ben's Seite spielen? Gab es vielleicht ein anderes Projekt? Einerseits freute er sich auf die neue Herausforderung, aber andererseits auch ein bisschen mulmig war ihm zumute, was ihn im Sender erwarten würde. Trost spendete ihm in diesem Moment die Tatsache, dass die Agentin auch da war und dass er ihr vertraute.

Wenn Ben noch ein paar Mal hier her kam, würde er sich bestens auf dem Areal des Senders auskennen. Bevor es dann gleich ans Eingemachte ging, musste er nochmals auf's Klo und suchte deshalb die Toiletten auf. Und als er sich dort aufhielt, kam ihm wieder die Begegnung mit Alex in den Sinn, der damals hier laut trällernd seine Textpassagen für das Vorsprechen geübt hatte. Anschließend machte er sich auf zum Besprechungsraum, den er vom letzten Besuch her kannte. Kaum hatte er einen Schritt durch die Tür gemacht, da begrüßte ihn die Agentin auch schon auf's Herzlichste. Und wie konnte es anders sein: Ben kramte seinen kleinen Block aus der Jackentasche und kritzelte hastig etwas auf das noch weiße Stückchen Papier – die Frage, die ihn schon die ganze Fahrt über beschäftigt hatte. Dann hielt er es der Agentin hin und wartete gespannt auf ihre Antwort.

„Wer wird denn nun an meiner Seite spielen?"

Lächelnd blickte die Agentin zu Ben.

„Der Sender hat umdisponiert und statt des Männerduos, wird es ein gemischtes Duo geben. Die Dame an Deiner Seite ist eine junge Schauspielerin, die schon ein paar kleinere Rollen hatte.", erklärte sie Ben.

Und kaum dass sie den Satz beendet hatte, kam eine junge Frau durch die Tür herein. Höflich, standen beide auf, um den Neuankömmling zu begrüßen. Die Agentin machte ein „shaking hands" und stellte der jungen Dame Ben vor. Als dieser einen Schritt auf die junge Frau zuging und sie zuerst mit einer winkenden Geste begrüßte, ehe er ihr die Hand entgegenstreckte, staunte er nicht schlecht, denn die Dame erwiderte seine winkende Geste und begrüßte ihn in Gebärdensprache und stellte sich ihm vor. Auch die Agentin staunte nicht schlecht, als sich beide auf einmal angeregt „unterhielten". Schließlich wendete sich die junge Dame an die Agentin, die immer noch sprachlos dreinblickte.

„Meine kleine Schwester ist gehörlos. Daher.", sagte sie mit einem freudigen Lächeln zur Agentin.

Ben strahlte über beide Backen, was bei den Damen nicht unbemerkt blieb. Eine Sache gab es jedoch, welche die anderen nicht sahen geschweige denn erraten konnten – dies waren seine Gedanken:

„Jetzt weiß ich, dass ich gefunden habe, wofür es sich zu leben und kämpfen lohnt. Und darüber hinaus habe ich wieder eine Stimme."

Und urplötzlich verspürte Ben so ein seltsames Kribbeln im Bauch…

Danksagung

Ich danke an dieser Stelle meiner Familie, die mir Raum für meine Schreiberei bietet und meine kreativen „Hirngespinste" auch hin und wieder ertragen muss.

Ich danke Jenni für Ihre SMS.

Ich danke allen, denen ich vergessen habe zu danken.

Danke. Danke. Danke.

Anmerkung des Autors:

Namensübereinstimmungen mit lebenden oder bereits verstorbenen Personen sind rein zufällig und nicht beabsichtigt!

Über den Autor

Andreas Frey lebt im Landkreis Karlsruhe.

2008 entdeckte er die Schreiberei als sein neues Hobby, welche er sehr rasch intensivierte und noch im selben Jahr die ersten Früchte trug.

Mittlerweile hat der Autor bereits die Titel „Schatten über Kleinsteinbach" sowie „Dunkelheit & Licht über Kleinsteinbach" seinem Heimatort gewidmet. Mit „Akte 24/12 – The untold story about Christmas" präsentierte Andreas Frey eine moderne Weihnachtsgeschichte, die eher im Fantasy-Genre beheimatet ist. In der Zwischenzeit schrieb er auch einige Kurzgeschichten, die sich in verschiedenen Anthologien wieder finden. Neben Kurzgeschichten und Büchern schreibt Andreas Frey auch Drehbücher.

Mit seinen kurzen Geschichten trat er in den letzten Jahren auch als Wortfechter bei den Wettbewerben der AUTORiKA-Wortgefechte an.

Darüber hinaus steht er hin und wieder auch vor oder hinter der Kamera und spielt seit einigen Jahren auch Theater.